Diogenes Taschenbuch 21693

Fanny Morweiser

Ein Winter ohne Schnee

Roman

Diogenes

Die Originalausgabe erschien 1985
im Diogenes Verlag
Umschlagillustration von
Edward Gorey

Veröffentlicht als Diogenes Taschenbuch, 1989

60/89/8/1
ISBN 3 257 21693 9

Inhalt

Das Dorf 9
Wilma 21
Wilfried 29
Das Kind 38
Der Junker 48
Josef 55
Im Wasserschloß 64
Der Chinese 70
Einladung zum Fest 78
Im Pförtnerhaus 84
Die Vogelfrau 88
Anna 96
Bei Charon 108
Annas Hund 115
Der Mönch 123
Das Kästchen 132
Die Totengräber 141
Ein Vogel 150

*»Am Kirchturm zerbröckelt die Sonnenuhr.
Topinambur.«*

Rainer Brambach, ›Auch im April‹

Das Dorf

Die Krankheit hatte ihn wie in einem Brunnenschacht gefangengehalten. Er war wieder frei, aber um welchen Preis. Alles bedrückte ihn, machte ihm angst. Wie sicher erschien ihm nun in der Erinnerung das Bett in dem weißen Zimmer, wo es sonst nichts gab, und doch war er dort zufrieden gewesen. In einem Dämmerzustand, den er sich jetzt zurückwünschte, waren Erscheinungen, Bilder und Träume wirklicher gewesen als die Gesichter der Menschen, die sich über ihn neigten. Und schließlich war es den Menschen gelungen, ihn da herauszulocken, mit Schmeicheln, mit Bitten, mit Drohungen. Was aber war an dem Zustand so bedrohlich gewesen, daß sie ihn unter allen Umständen hatten beenden wollen? Er wußte es nicht.

Er betrachtete seine Hand mit den dünnen Fingern, die auf dem schmalen Sims unterhalb der Fensterscheibe lag und im Rhythmus des fahrenden Zuges leise zitterte. Das Handgelenk verschwand im Ärmel eines dickgestrickten Pullovers, die andere Hand hatte er auf dem Knie liegen, gespreizt über dem groben Kord, aus dem die Hose war, die sie ihm angezogen hatten wie einer Puppe. Alles war zu groß für ihn und schien ihm zu schwer. Auch der Mantel, der hinter seinem Kopf an einem Haken hing und immer noch den Geruch des durchnäßten Nebels in sich trug, durch den sie im Taxi zum Bahnhof gefahren waren.

Frühling war es gewesen, als er vom Baum gestürzt war, und jetzt war Herbst. Das hatten sie jedenfalls zu ihm gesagt, und er sah es auch, wenn er zum Fenster hinaussah, leere Felder, entlaubte Bäume, im Nebel versunkene Gehöfte, trotzdem gab es für ihn keine Erinnerung an frühere Herbste, er war wie neugeboren, aber ohne Freude, ohne eine Spur von Freude. Seine Mutter, die ihm gegenübersaß, beugte sich vor und ergriff die Hand, die er auf dem Knie liegen hatte. Sie umschloß sie mit ihren kräftigen roten Händen, rieb und knetete sie, führte sie schließlich an ihre Lippen und drückte einen Kuß darauf.

»Leo«, sagte sie.

Das war sein Name. Das war die Fangleine, die sie immer wieder nach ihm ausgeworfen hatten. Er war Leo. Er wandte den Kopf, um sein flüchtig auftauchendes und vor hellerem Hintergrund wieder verschwindendes Spiegelbild in der Scheibe zu sehen. Die Augen, nicht sichtbar, lagen in dunklen Höhlen, die Haare waren lang wie bei einem Mädchen, der Mund, schmal und zusammengepreßt, schien sich für alle Zeiten über dem Geheimnis seiner Abwesenheit geschlossen zu haben.

Es ging auf den Abend zu, als sie die kleine Bahnstation erreichten, von der sein Onkel sie abholen wollte. Aber als sie ausgestiegen waren und neben ihren Koffern auf dem Bahnsteig standen, war außer dem Stationsvorsteher niemand zu sehen. Er stand breitbeinig mit verschränkten Armen in der hellerleuchteten Tür zum Wartezimmer und betrachtete die beiden Neuankömmlinge, die untersetzte Frau und den Jungen, der aussah, als könnte ein Windstoß ihn umblasen, mit wohlwollender Neugier.

»Auf wen wartet's?« rief er, als sie sich suchend umsahen. »Auf den da?« Und damit gab er die Tür frei und ließ sie in den Warteraum hineinsehen, wo gleich neben dem eisernen Ofen ein junger Mann saß und schlief. Seine langen Beine waren ausgestreckt, so daß man die mit feuchter Erde verdreckten Sohlen seiner Schuhe sehen konnte, seine Hände baumelten rechts und links über den Stuhlrand, der Mund stand ein wenig offen und zitterte, wenn sein Atem darüberstrich.

»Vetter Rudolf«, sagte die Frau. »Er wird dir Nachhilfestunden geben. Komm.«

Mit einer raschen, energischen Bewegung nahm sie beide Koffer hoch und schubste den Jungen mit dem Ellbogen vor sich her. Dicht vor dem Schlafenden ließ sie die Koffer mit einem Ruck auf den Boden fallen. Er öffnete langsam die Augen, und Leo erschrak über den trägen Blick, der ihn traf, eine Sekunde an ihm hängenblieb und dann gleich wieder weiterglitt, als fürchte der andere, ein Interesse vorzutäuschen, das gar nicht da war. Er zog seine langen Beine an und stand auf.

»Guten Abend, Tante«, sagte er aus seiner Höhe herab und ergriff die Hand, die sie ihm hinstreckte. Auch Leos Hand nahm er und ließ sie so schnell wieder los, daß dem Jungen der Eindruck blieb, eine Eidechse sei über seine Haut geglitten, ein trockenes glattes Tier, und er fragte sich, ob er, wenn er schnell zugegriffen hätte, dem Vetter hätte einen Finger abbrechen können, der dann langsam wieder nachgewachsen wäre, Stückchen für Stückchen zwischen den anderen Fingern, und der Gedanke war ihm so ekelhaft, daß er die Augen schloß und schluckte.

»Wir müssen laufen«, sagte Rudolf. »Das einzige Taxi ist unterwegs. Die Koffer laß hier. Morgen früh wird sie jemand bringen. Irgendeiner, der ins Dorf fährt. Sie kümmern sich doch darum, Lukas?« Das war an den Bahnhofsvorsteher gerichtet, der hinter ihnen stand und nickte.

»Aber ja«, sagte er.

»Laufen!« rief die Mutter beunruhigt. »In seinem Zustand. Schwach wie er ist...« Sie wollte noch mehr sagen, aber da spürte sie Leos Mund an ihrem Ohr:

»Ich will ja«, sagte er, »es wird mir guttun.« Und dankbar für alles, was er wieder an Wünschen und Bitten zu äußern begann, gab sie sofort nach, denn das hatten die Ärzte ihr verständlich machen können, daß seinen Körper zu heilen leichter sei als das, was sie in Ermangelung eines anderen Begriffes Seele nannten.

Da es nicht mehr weit bis Vollmond war, war es trotz der inzwischen hereingebrochenen Nacht nicht so dunkel, daß sie den Weg nicht mehr hätten erkennen können. Rudolf führte sie. Ein fahles weißliches Licht hatte sich über Wiesen und Sträucher gelegt und ließ die kahlen Äste der Bäume silbrig schimmern. Je näher sie dem Fluß kamen, den sie überqueren mußten, um das Dorf zu erreichen, desto nebliger wurde es. An seinem Ufer blieben sie stehen.

»Immer noch keine Brücke«, seufzte Leos Mutter.

»Immer noch nicht.« Rudolf wölbte beide Hände um den Mund. »Hol über«, rief er langgedehnt, und dann, als sich nichts rührte, noch einmal: »Hol über.«

»Ho ho«, antwortete eine Stimme aus dem Nebel, »ich komme.« Sie hörten ein Knarren und das Plätschern des Wassers, das jetzt kleine Wellen vor ihre Füße trieb. Leos Mutter trat zurück. Schemenhaft näherte sich die Fähre. Es war ein einfaches Floß mit einer Holzhütte darauf, von nichts gehalten als einem Seil, das über den Fluß gespannt war, an dem der Fährmann es auch zog.

»Gibt es hier keine Schiffe«, fragte Leo, zusammengekauert auf der Holzbank in der Hütte sitzend, »die das Seil zerreißen könnten?«

»Keine«, sagte der Fährmann und lachte, und Vetter Rudolf lachte mit.

Am jenseitigen Ufer begann nach einem sandigen Streifen gleich die Anhöhe, auf der das Dorf lag. Sie stiegen hintereinander den ausgetretenen Pfad empor, bis sie hinter einer Biegung die Silhouette des Kirchturms in den Himmel ragen sahen. Wuchtig und gedrungen erhob er sich über das Dorf, das sich mit niedrigen langgezogenen Dächern auf dieser Anhöhe duckte, über die immer ein Wind strich. Die Kirchturmuhr schlug, und Leo zuckte zusammen, so kläglich kamen die Töne, einmal wie von weit her und dann wieder ganz nah.

»Man erwartet euch«, sagte Rudolf. Mit schnellen Schritten ging er nun die wenigen Meter zum Pfarrhaus, das gleich neben der Kirche stand. Es war das größte Haus im Dorf, zweistöckig, mit einer niedrigen Vortreppe, die zu einer Holztür führte. Rudolf zog an einem Strick, der aus einem Loch neben der Tür kam und eine Glocke im Haus in Bewegung setzte. Sie hörten von innen Schritte näherkommen, dann öffnete jemand ein kleines Klappfenster in der Tür. »Seid ihr es, Rudolf?«

»Wir sind's«, sagte Rudolf. Er war so groß, daß sein

Gesicht dem unsichtbaren Sprecher direkt gegenüber war, obwohl er unterhalb der Stufen stand.

»Dann kommt«, sagte die Stimme. Die Tür öffnete sich langsam, und sie traten ein. Es war ein spärlich beleuchteter, breiter und langer Flur, der sich durch das ganze Haus bis zu einer hinteren Tür erstreckte, den Leo zuerst sah. Erst dann erblickte er, fast hinter seinem Rücken, noch halb von der Tür versteckt, seinen Onkel, den Pfarrer. Er war kaum größer als er, und er trug eine abgewetzte Soutane, die mit unzähligen winzigen kugelförmigen Knöpfen geschlossen war, die vom Hals bis hinunter zu den Füßen reichten.

»Mein Junge«, sagte der Onkel. Er schloß die Tür, legte einen Riegel vor und wandte sich ihm dann zu, um ihm beide Hände auf die Schultern zu legen. Ihre Gesichter waren auf gleicher Höhe, und so bemerkte Leo, daß der Onkel sehr blaß war und sicher nicht mehr Farbe hatte als er, der heute zum erstenmal wieder an die Luft gekommen war.

»Guten Abend, Onkel«, sagte Leo.

Von irgendwoher kam ein Rauschen. Es war das Knistern von Stoff, das Schleifen eines Kleides über den Boden, und es kam von der Treppe, die neben der hinteren Tür in das obere Stockwerk führte. Sie standen alle wie erstarrt, sogar Leos Mutter, die sonst vor fast nichts Angst hatte, und lauschten auf dieses Geräusch, das um so merkwürdiger war, weil der, der es verursachte, auf jeder Treppenstufe stehenblieb, bevor er nach einer kurzen Pause weiterging. Ob bewußt oder unbewußt, die Wirkung war dramatisch, und so konnte sich Rudolfs Mutter, als sie endlich die Biegung der Treppe erreicht hatte und sichtbar wurde, der Aufmerksamkeit aller gewiß sein.

Sie war so groß wie ihr Sohn, und sie trug ein langes dunkles Kleid aus Taft oder Seide, das sie noch größer erscheinen ließ, eine Riesin mit rotem Haar, so stand sie auf der untersten Stufe und genoß, eine Hand in die Hüfte gestützt, ihren Auftritt. Der Pfarrer brach das Schweigen.

»Sie sind da«, sagte er, als hätte sie das nicht selbst sehen können. Sie nickte, ohne sich vom Fleck zu rühren, und so blieb Leo und seiner Mutter schließlich nichts anderes übrig, als durch den langen Flur zu ihr zu gehen und sie zu begrüßen. Sie streckte ihnen die Hand hin, in Höhe ihrer Nasen, wie ein Bischof, der erwartet, daß man seinen Ring küßt, aber Leos Mutter ergriff sie unerwartet heftig und zog sie nach unten.

»Du hast dich gar nicht verändert, Berta«, sagte sie dabei, und vieles schwang in dem Satz mit, das sie nicht aussprechen konnte, was ihr aber auf der Zunge brannte. Daß Bertas Mann zwar ihr und des Pfarrers Bruder gewesen war, was ihr aber noch lange nicht das Recht gab, hier wie eine Königin aufzutreten und noch Ergebenheit dafür zu erwarten, daß sie das kärgliche

Einkommen des Pfarrers mit aufzehren half. Sie war immerhin bereit, für Leos Aufenthalt hier zu zahlen, für das Essen, die Unterkunft und die Nachhilfestunden, die Rudolf ihm geben würde, und wenn der Pfarrer das Geld nicht annahm, so war sie sich doch sicher, daß Berta es nehmen würde.

Keiner sollte ihr nachsagen, daß sie irgend jemanden ausgenutzt habe. Und Leo mußte einfach ein paar Monate aufs Land, weg aus der Stadt, bis er sich wieder soweit erholt hatte, daß er einem normalen Leben gewachsen war.

»Ihr werdet Hunger haben«, sagte der Onkel, »kommt.«

Er öffnete eine Tür zur Linken, die in das schönste und größte Zimmer des Hauses führte, das Besuchszimmer, in dem er auch mit den Gemeindemitgliedern sprach, die ihn wegen irgendwelcher Probleme aufsuchten.

An einer Wand stand der Kachelofen, der von der danebenliegenden Küche aus beheizt wurde, er war kalt, da das Zimmer nur selten benutzt wurde, und Berta hatte es wohl nicht für nötig gehalten, ihn ihretwegen anzuheizen. Immerhin stand die Tür zur Küche offen, aus der warme Luft von dem Kochherd kam, der den ganzen Tag in Gang gehalten wurde. Überhaupt war die Küche, wie sich Leos Mutter von früheren Besuchen erinnerte, der einzige warme Raum im ganzen Haus, auch die Schlafzimmer wurden nicht beheizt, und sie hoffte, daß Berta wenigstens schon die Wärmflaschen aus Kupfer, die den ganzen Winter benutzt wurden, bereitgelegt hatte.

Auf dem Tisch unter der Lampe in ihrem Glasperlenrock stand ein Imbiß, Brot, Käse und Wein, und sie setzten sich, bis auf den Onkel, der stehenblieb, das Brot und den Käse schnitt und allen vorlegte. Auch den Wein schenkte er ein, Leos Glas nur zur Hälfte, das er dann mit Wasser auffüllte, und seine Bewegungen waren sanft und leise, als hantiere er an seinem Altar in der Kirche.

Sie aßen schweigend. Die schwere Standuhr tickte, und es war sonst nichts zu hören außer dem Klirren eines Messers oder einer Gabel, wenn das Metall an den Teller stieß. Das Dorf draußen lag in tiefem Schweigen, und das Heulen eines Hundes, das ab und zu wie aus weiter Ferne durch die geschlossenen Läden bis zu ihnen drang, erhöhte dieses Gefühl der Weltabgeschiedenheit noch. Leo aß nur wenig, unter halbgesenkten Lidern beobachtete er die Tante, die ihm gegenübersaß, prächtig und knisternd in ihrem seidenen Kleid, das rote Haar wie von innen leuchtend im Lampenlicht. Sie faszinierte ihn, und trotzdem mochte er sie nicht, mit Vetter Rudolf war das leichter, der war ihm nur widerwärtig und sonst nichts.

Rudolf aß gierig und schnell, stopfte mit den Händen, wenn ihm der Käse unter dem Messer wegrutschte, trank den Wein in langen Schlucken wie Wasser und hielt dem Onkel jetzt schon zum drittenmal sein Glas hin.

»Wie geht es dir, Leo?« fragte der Onkel schließlich, nachdem er Rudolfs Glas gefüllt und die Flasche wieder abgestellt hatte, »ich würde lügen, wenn ich sagte, du siehst gut aus.«

»Wie sollte er auch«, entgegnete Leos Mutter heftig für ihn, »er ist dem Tod gerade noch von der Schippe gesprungen.«

»Hopp hopp«, kicherte Rudolf.

»Ich hoffe, er wird bei dir wieder ganz gesund werden«, fuhr die Mutter fort. »Die rauhe Luft wird ihm guttun. Frische Milch und Eier... die Ruhe.«

»Die Ruhe«, wiederholte der Onkel. Er blickte zu den fest verschlossenen Fensterläden und seufzte. »Zuviel Ruhe manchmal, Martha«, sagte er. Die Tante zog ihre Augenbrauen hoch und lachte ein unhörbares Lachen. Nur Leo bemerkte es.

»Ich bin müde«, sagte er.

Er schlief für diese eine Nacht mit der Mutter zusammen in einem Zimmer, das auf den kleinen Garten und den angrenzenden Friedhof hinausging. Lange noch, nachdem die Mutter schon ins Bett gegangen war, stand er am Fenster und nahm das Bild der im Mondlicht liegenden Grabhügel in sich auf, das für ihn keine Schrecken barg, sondern sich nahtlos den Gesichten anschloß, die sich ihm während seiner Krankheit gezeigt hatten, hügelige Landschaften, über die er geflogen war, ein schwarzer Vogel, lautlos mit ausgebreiteten Armen tote Häuser mit gähnenden Fensteröffnungen umkreisend, ohne Angst und ohne Freude, ein dingloses Ding, schrecklich für viele, denen er erschien, denn dessen war er sich in seinen wachen Momenten sicher, daß das, was seinen kranken Körper verließ und mit seinem Geist oder seiner Seele umherschweifte, für andere sichtbar war, nicht als Körper, sondern als Gespenst, und mehr als einmal war er auf Menschen gestoßen, denen er sich sanft und ohne das Verlangen, sie zu erschrecken, genähert hatte, die in wahnsinniger Furcht vor ihm geflohen waren.

Nun, das war vorbei. Was auch immer das andere gewesen war, es war mit seinem Körper wieder untrennbar verbunden, untrennbar bis zur endgültigen Trennung, bis es das Gehäuse für immer verließ, um nie mehr zurückzukehren.

Wilma

Als er aufwachte, fand er sich in dem Zimmer allein. Das Bett, in dem seine Mutter geschlafen hatte, war bereits wieder gemacht und so glattgestrichen, als hätte sie niemals darin gelegen. Er setzte die Füße auf den Boden und bemerkte dabei den Zettel auf seinem Nachttisch.

Bis bald, schrieb seine Mutter, *Du hast so gut geschlafen, da wollte ich Dich nicht wecken. Du weißt, ich muß sehr früh zum Zug.*

Bald, das war in einem halben Jahr. Er zerknüllte das Papier, strich es dann aber wieder glatt und legte es in die Nachttischschublade. Wie kalt es in dem Zimmer war. Auf einer mit einer Marmorplatte belegten Kommode standen eine Waschschüssel und ein Krug mit Wasser. Ihn schauderte. Seine Kleider lagen auf einem Stuhl, er zog sie schnell über und trat hinaus auf den Gang. Gleich links fand er die Tür, die er suchte, aber was er da sah, erschreckte ihn aufs neue, in eine Holzbank war ein Loch eingeschnitten, das in eine stinkende Tonröhre führte, durch die er von weit unten her den Wind orgeln hörte.

Hier bin ich nun wirklich am Rand der Welt, dachte er, während er mit klammen Fingern seine Hose wieder zuknöpfte.

Angenehme Wärme empfing ihn, als er in die Küche trat. Das Türchen des Küchenherdes stand offen, und er konnte das rote knisternde Feuer sehen, in das eine Frau, die ihm den Rücken zukehrte, frisches Holz einlegte. Seine Tante war es nicht. Er betrachtete die gewaltige, von einer Schürzenschleife gekrönte Kehrseite und hustete leise. Die Frau fuhr herum.

»Beim Satan, Söhnchen«, sagte sie, »mußt du so hereinschleichen und mein altes Herz erschrecken?« Aber sie meinte es nicht böse. Sie schloß die Herdklappe und richtete sich ächzend, eine Hand ins Kreuz gedrückt, auf.

»Setz dich«, sagte sie und wies zum Tisch, »deine Leute sind alle in der Messe.«

Auf dem Küchentisch standen Brot und Butter, vom Herd holte sie eine emaillierte Kanne und goß ihm mit Milch versetzten Kaffee ein.

»Und wenn du fertig bist«, sagte sie, »geb ich dir heißes Wasser mit nach oben, damit du dich waschen kannst.«

Er nickte.

»Ich mach hier nämlich die Dreckarbeit, Junge«, erklärte sie und wischte sich mit einem Zipfel ihrer Schürze über das vom Feuer erhitzte Gesicht. »Kochen läßt mich die Dame nicht. Aber sonst darf ich alles machen.«

»Sie mögen sie nicht?« fragte Leo.

Sie ließ den Schürzenzipfel fahren und stemmte beide Arme in die Hüften. »Und wenn sie mich dafür rauswirft, wenn du's ihr sagst: Ich kann sie nicht ausstehn.«

»Mir gefällt sie auch nicht«, sagte er gleichmütig.

Sie erwiderte darauf nichts mehr, stieß nur sachte mit der Zunge an ihre Zähne, daß es *ze ze* machte, und verzog sich hinaus in den Flur, wo er sie kurz darauf mit dem Besen herumfuhrwerken hörte. Er stand auf, nahm den Wasserkessel, in dem es schon die ganze Zeit gebrodelt hatte, vom Herd und stieg wieder nach oben.

»Ich heiß Rosine«, rief sie hinter ihm her. »Für dich und den Pfarrer Rosine.«

Achselzuckend schloß er die Tür hinter sich. Er hatte genug Zeit, sich über die Zustände in diesem Haus klarzuwerden. Schnell zog er sich noch einmal aus und wusch sich gründlich, bevor er die bis zum Überschwappen gefüllte Schüssel in das Kabinett neben seinem Zimmer trug, um vorsichtig das Wasser in das Loch zu schütten. Wie, wenn da nun Mäuse oder Ratten hochkamen? Er nahm den Holzdeckel, der auf dem gefliesten Boden lag, und drückte ihn fest in die Öffnung.

Als er wieder herunterkam, waren die anderen aus

der Kirche zurück. Sein Onkel, der in der Küche auf dem Sofa saß, winkte ihm, näherzukommen. Die Tante, weniger dramatisch gekleidet als gestern abend, ließ einen Moment die Zeitung sinken, in der sie gelesen hatte. Sie saß abseits vom Onkel am Fenster, und ihr rotes Haar wirkte im Tageslicht matter und beinahe stumpf.

»Wir dachten uns das so, Leo«, sagte sein Onkel, »daß ich dich vormittags eine Stunde in den Sprachen unterrichte und Rudolf sich am Nachmittag um die Naturwissenschaften kümmert. Und Mathematik natürlich. Sagen wir zwei Stunden? Die übrige Zeit kannst du tun und lassen, was du willst. Meine Bibliothek steht dir offen, das weißt du ja. Und sonst? Sieh dir die Gegend an, aber paß auf am Fluß. Er ist gefährlich.«

»Fangen wir heute schon an?« fragte Leo.

»Nein ... nein. Ich würde sagen, ruh dich erst noch einmal ein paar Tage aus.«

»Dann geh ich jetzt spazieren.«

»Tu das«, sagte sein Onkel mild, »gegessen wird nach dem Zwölfuhrläuten.«

Leos Mantel hing draußen im Flur an dem Garderobenständer. Auch seine Schuhe standen dort. Er schlüpfte hinein und band die Schnürsenkel fest zu. Der Mantel ging ihm bis über die Knie. Er stellte den

Kragen hoch, ging den gefliesten Flur hinunter, öffnete das schwere Portal und trat hinaus auf die Straße. Dabei war Straße vielleicht schon zuviel gesagt. Es gab nicht einmal ein Pflaster. Festgestampft und von Reif überzogen war der Boden vor dem Haus und um die Kirche, dort, wo er nicht soviel begangen wurde, von kümmerlichen Grasbüscheln überwachsen, zwischen denen Hühner scharrten. Die Häuser des Dorfes waren niedrig und weißgekalkt, die Dächer vorgezogen, die Fenster klein. Es gab Anbauten, die wie Ställe und Scheunen aussahen, ganz selten einen Misthaufen vor dem Haus, die Leute schienen eher kleinere Tiere zu halten, denn ab und zu gelang ihm ein Blick über eine zur oberen Hälfte geöffnete Stalltür, und er sah Schweine und Ziegen, aber nur einmal eine Kuh.

Als er das letztemal mit seiner Mutter hier war, war es Sommer gewesen. Er erinnerte sich an die Kühle der Kirche gegen die Hitze draußen und an die Kühle frischer Milch, die eine Frau ihm in einem Becher über einen Zaun gereicht hatte. Viel mehr war nicht in seinem Gedächtnis geblieben, und er bemühte sich nun, diesen Zaun wiederzufinden, hinter dem die Frau wohnte, mit der seine Mutter sich damals lange unterhalten hatte.

Das Dorf zog sich die einzige Straße entlang, die eine Biegung machte und durch einen großen steinernen Bogen führte, der von einem Turm gekrönt wurde. Vor diesem Tor gab es noch ein paar Häuser, kleiner und ärmlicher als die innerhalb des Tores, und eines von ihnen hatte einen niedrigen Holzzaun, über den ein paar im Frost erstarrte Astern hingen. Dies mußte es sein, und er öffnete ohne zu zögern die Pforte im Zaun und klopfte an die Tür. Man öffnete ihm gleich. Daß jemand da war, hatte er an dem Rauch gesehen, der an diesem kalten Morgen gerade und senkrecht aus dem Schornstein stieg, aber es war keine Frau, die ihm die Tür aufmachte, sondern ein Mädchen, nicht viel älter als er, das ihn neugierig ansah.

»Ich bin der Neffe des Pfarrers«, sagte er. »Entschuldige, daß ich einfach angeklopft habe, aber ich dachte, das ist das Haus, zu dem ich mit meiner Mutter immer gegangen bin. Es ist schon ein paar Jahre her.«

»Ich erinnere mich«, sagte sie. »Komm rein.«

Sie schloß die Tür, und er folgte ihr in die Stube, die fast die Hälfte des kleinen Hauses einnahm und als Küche und Wohnraum zugleich diente. Es gab vier kleine Fenster in tiefen Fensternischen, die noch weniger Licht hereinließen, weil Töpfe mit Geranien auf den Simsen standen.

Ein großer Tisch vor einer Eckbank, Stühle, ein Sofa, das Küchenbüfett, eine Nähmaschine und der Herd füllten den Raum, und trotzdem blieb in der Mitte soviel Platz, daß man hätte tanzen können. Er setzte sich auf den ihm angebotenen Stuhl und nahm dankbar den Becher diesmal warmer Milch, den sie ihm reichte.

»Meine Mutter ist im Pfarrhaus«, sagte sie. »Du müßtest sie getroffen haben.«

»Rosine?«

»Ja.«

Es wurde ihm klar, daß in seiner Erinnerung andere Dinge das Gesicht der Frau hatten in den Hintergrund treten lassen, der Zaun mit den Blumen, die Katzen, die hinter dem Holzstoß miteinander spielten, und die ruhigen Stimmen, die über seinem Kopf hin- und hergingen, während er auf dem von der Sonne erwärmten Boden saß und seine Milch trank.

Das Mädchen begann am Herd zu hantieren, rückte eine Pfanne mehr in die Mitte und nahm mit einem eisernen Haken einen Ring aus einer Herdplatte, damit die Öffnung, durch die das Feuer kam, sich vergrößerte. Er fühlte die Wärme wie eine Hand, die ihn sanft berührte.

»Du kannst mit mir essen«, sagte sie.

Er schüttelte den Kopf. »Das würde ich gern, aber ich habe versprochen, zum Essen nach Hause zu gehen. Wie heißt du eigentlich?«

Jetzt lächelte sie, rieb sich die Hand an dem Handtuch ab, das an einer Stange vor dem Herd hing, und streckte sie ihm hin.

»Wilma«, sagte sie.

Er nahm die Hand und drückte sie fest. »Ich heiße Leo. Auf Wiedersehn. Kann ich das?«

»Was?«

»Dich wiedersehen.«

»Aber ja«, meinte sie, »wenn sie dich lassen.«

Wilfried

Auf dem Rückweg ging er nicht durch das Tor, sondern hielt sich außen an einer niederen Mauer, die das Dorf halbwegs umschloß und an deren Fuß ein schmaler Weg entlanglief. Die Gärten der Häuser stießen an die Mauer, und er konnte beim Laufen darübersehen und die kärglichen, für den Winter zurechtgemachten Beete betrachten, in denen kaum noch etwas wuchs, Feldsalat vielleicht und Rosenkohl.

Er kam an ein Haus, das im Gegensatz zu den anderen gleich an die Mauer anschloß und dessen Tür sich auch nach außen, zu den Feldern hin öffnete, so daß es dem Dorf sozusagen den Rücken zuwandte. Im Wind knarrte ein altes rostiges Schild, dessen Schrift, vom Regen vieler Jahre abgewaschen, unleserlich geworden war. Er drückte leicht mit der Hand gegen die Tür, sie gab nach. Es war ein großer dämmeriger Raum, der sich vor ihm auftat, unterteilt nur von vielen gußeisernen Säulen, die die Decke trugen, und zwischen diesen Säulen, und an die Säulen gelehnt, standen Männer, die rauchten und tranken, sanft murmelnd klangen ihre Stimmen, und der Rauch waberte wie Nebel zur Decke hinauf. Es gab keine Fenster. Er trat ein, und man wandte sich ihm zu, aber bald wieder ab, als wäre es schon in Ordnung, daß er da war und keine Überraschung für sie. Nirgendwo war eine Frau. Auch vor der Theke im Hintergrund des Raumes stand ein Mann, der eine weiße Schürze umgebunden trug, die ihm von knapp unter der Brust bis an die Knie reichte, und dabei war er nicht klein, sondern groß und dünn. In seiner Glatze spiegelte sich das Licht, als er sich jetzt umdrehte und Leo entgegensah.

»Was trinkt man hier?« fragte Leo und suchte in seiner Manteltasche nach dem Geld, das seine Mutter ihm zugesteckt hatte, damit er nicht ganz in allen seinen Wünschen auf den Onkel angewiesen war.

»Schnaps«, sagte der Wirt, »nur Schnaps. Aber ich werde ihn dir verdünnen, obwohl es ein Jammer ist.«

Er ergriff eine große durchsichtige Flasche ohne jede Beschriftung und goß ein Glas daumenbreit mit einer gelben Flüssigkeit voll, das er dann mit einem bedauernden Achselzucken aus einem Siphon mit Wasser auffüllte.

»Danke«, sagte Leo, »was macht das?«

»Nichts. Das erste Glas ist umsonst.«

Er wandte sich ab und begann mit einem Tuch die metallenen Beschläge der Theke zu polieren, in bedächtig kreisenden Bewegungen, so hingegeben an diese Arbeit, daß er Leos Dank zu überhören schien.

Leo trank und ging umher. Emaillierte Lampen, die das Licht in kreisrunden Flecken nur nach unten fallen ließen, hingen an dünnen Schnüren weit voneinander entfernt zwischen den Säulen. Es gab hellere und dunklere Plätze. Erst jetzt fiel ihm auf, daß außer den Fenstern auch Tische und Stühle fehlten. Und alle tranken aus einfachen, großen Wassergläsern, wie auch er eines hatte, diesen gelben Schnaps, der zusammen mit dem Duft ihrer Tabake die Luft mit einem würzigen Geruch erfüllte. Es war tatsächlich beinahe unmöglich, sich hier eine Frau vorzustellen, nicht einmal als Kellnerin, und so störte auch kein einziger weiblicher Ton das gleichbleibende Gefälle ihrer Stimmen, ebensowenig, wie es bei irgendeiner Gruppe Streit oder eine etwas heftigere Diskussion gab, aber es war ja auch immer noch Vormittag, vielleicht würden sie gegen Abend oder in der Nacht lauter werden.

Er näherte sich der größten Gruppe, die sich um einen schwerfällig wirkenden jungen Mann gesammelt hatte, der an einer der Säulen lehnte. Obwohl er schwieg, schien er der Mittelpunkt zu sein. Er steckte in schlechtgeschnittenen Kleidern aus grobem Stoff, wie man sie zur Arbeit im Wald oder auf den Feldern trug, seine störrischen dunklen Haare spreizten sich über dem Kragen seiner Jacke und hätten schon lange geschnitten werden müssen, wenn er sich den anderen einigermaßen hätte anpassen wollen, denn sie trugen hier, anscheinend aus Sparsamkeitsgründen oder warum auch immer, das Haar fast geschoren.

Leo mochte ihn auf den ersten Blick, und der andere sah ihn nun an, ruhig, aus dunklen Augen, die ihm beinahe wie Tieraugen erschienen, aber so, wie er sich die Augen eines seltenen und schönen Tieres vorstellte, das es gar nicht gab, und nicht wie die Augen der Tiere, die er kannte und nicht mochte, die kalten und intelligent glitzernden von Schweinen zum Beispiel, oder die mit ihrer unglaublich dümmlichen Sanftmut zur Bosheit herausfordernden Augen der Kühe.

Er stellte sich zu den anderen und hörte zu, was einer sagte über eine Sache, die sie schon oft erörtert haben mußten, denn er sah Verdrossenheit und eine gewisse Müdigkeit auf den Gesichtern der Umstehenden, trotzdem duldeten sie, daß einer sich mal wieder Luft machte.

»Warum brennen wir nicht nieder, was noch übrig ist«, sagte der Sprecher, »warum walzen wir nicht alles glatt und schicken den Pfarrer mit einem Kessel voll Weihwasser drüber, damit endlich Ruhe ist?«

»Weil es nicht viel Sinn hat«, erwiderte der junge Mann an der Säule. Er zog eine Pfeife aus der Tasche, stopfte sie mit Tabak aus einem Beutel, den einer ihm hinhielt, und zündete sie umständlich an. Neue Rauchwolken stießen zu den schon vorhandenen an der Decke.

»Aber gar nichts tun«, sagte der andere, der nicht aufgab, »bringt doch auch nichts. Die Kinder wollen nicht mehr in die Schule, die Frauen gehen nach der Dämmerung nur noch mit über den Kopf geschlagener Schürze über den Hof, die Tiere brüllen nachts in den Ställen, daß keiner Schlaf findet. Wenn wir schon das verfluchte Dorf nicht dem Erdboden gleichmachen, warum jagen wir dann nicht wenigstens die Hexe aus dem Pfarrhaus?«

Leo hustete erschrocken und hielt eine Hand vor den Mund. Wußte keiner hier, wer er war und wo er wohnte? Aber woher sollten sie es auch wissen, in so kurzer Zeit. Es war wohl höflicher, wenn er sich entfernte. Er war noch keinen Schritt von der Gruppe weg, als die Stimme des jungen Mannes an der Säule ihn festhielt.

»Bleib, Junge«, sagte er, »vielleicht kannst du uns helfen.«

Alle drehten sich ihm zu und sahen ihn an. Leo fühlte seine Ohren rot werden.

»Er ist der Neffe des Pfarrers«, erklärte der junge Mann. Er zog verträumt an seiner Pfeife und blinzelte ihm durch den Rauch zu. »Und er mag seine Tante nicht. Außerdem ist er –«, er dachte lange nach und suchte nach dem richtigen Wort, »selbst ein bißchen, wie soll ich sagen, ein kleines Gespenst. Hab ich recht?«

»Ich weiß nicht«, sagte Leo zögernd. »Es ist nur so, daß ich lange krank war, und da hatte ich manchmal Träume.«

»Nicht nur Träume«, sagte der andere. »Du warst auch bei uns, daher kenne ich dich. Ich werde dich mit zu mir nach Hause nehmen, und du wirst dich erinnern. Ich beschrieb dich schon damals deinem Onkel, dem Pfarrer, und der rief: ›Wenn ich nicht genau wüßte, daß Leo weit weg ist, unfähig, auch nur ein paar Schritte zu tun, so müßte ich sagen, er ist es.‹«

»Und was habe ich getan?« fragte Leo.

»Nicht viel. Du standest am Fenster und sahst herein. Du legtest beide Hände über die Augen, wenn man dich ansprach und löstest dich in Nebel auf. Armer kleiner Schatten, der umherschweifte und doch nicht frei werden konnte, solange noch Leben in deinem Körper war.«

»Das ist jetzt vorbei.«

»Ja. Das ist jetzt vorbei. Du wirst immer kräftiger und ganz gesund werden. Trotzdem kannst du uns helfen, einfach deswegen, weil du keine Angst mehr hast... keine Angst vor diesen Dingen. Hab ich recht?«

»Vielleicht«, sagte er.

»Ich bin Wilfried«, sagte der junge Mann an der Säule. »Komm mit.«

Sie verließen das Wirtshaus und wanderten einen Weg, der sich einem mit schmutzigem Wasser gefüllten Graben entlang gerade durch die Felder zog.

»Von welchem Dorf hat der Mann geredet?« fragte Leo. Er hielt die Hände tief in den Manteltaschen und zitterte vor Kälte. »Von diesem hier?«

»Nein«, entgegnete Wilfried. »Er meinte das aufgelassene Dorf drüben im Wald. Sie denken, daß es ein Hexentanzplatz ist und daß von daher alles Böse kommt, was in letzter Zeit geschehen ist.«

»Was ist geschehen?«

»Viel«, sagte Wilfried. Er sog nachdenklich an seiner Pfeife und starrte beim Gehen vor sich hin. »Zuviel, als daß es mit natürlichen Dingen hätte zugehen können, das sage auch ich.«

»Und meine Tante, sagen sie, ist eine Hexe.«

»Das sagen sie.«

Der Weg hatte den Graben verlassen und führte sie in eine mit Bäumen und Sträuchern bewachsene Senke, in der ein Haus stand, das mit seinem abbröckelnden Verputz und den an einigen Stellen fehlenden Ziegeln aussah, als könnte man es nicht mehr bewohnen. Aber aus dem Schornstein kam Rauch.

»Mein Haus«, sagte Wilfried, »erinnerst du dich?«

Er blieb stehen und beobachtete Leo, der sich suchend umsah.

»Es wird alles immer schwächer«, sagte Leo zögernd. »Kann sein, daß ich es kenne, vielleicht aber auch nicht. Warum bin ich gerade immer hierher gekommen?«

»Nicht immer. Zwei- oder dreimal. Und warum? Wer kann das sagen?« Er lief jetzt schnell den Weg hinunter und hielt erst vor der Haustür wieder an, vor deren Schwelle zwei gekreuzte Besen lagen.

»Verschieb sie nicht«, warnte er, »sie schützen das Haus.«

»Wovor?«

»Vor Hexen.«

Als Wilfried die Tür öffnete, hörte Leo die Musik. Gläsern kühle Töne, wie von Geistern gespielt, strichen klagend durch das Haus, die innen gleichfalls abbröckelnden Wände entlang. Diese Musik veränderte alles, was schäbig und am Verfallen war, und gab den Dingen den Weihrauchduft alter Klöster, wo um Mitternacht der Gesang der Mönche die verlassenen Gänge entlangzieht. Wilfried führte ihn in ein Zimmer, in dem um einen niederen Tisch ein paar Polster auf dem Boden lagen. Er lud ihn zum Sitzen ein und verschwand, etwas vor sich hinmurmelnd, in einem anderen Raum. Das Zimmer, in dem er Leo zurückgelassen hatte, war denkbar einfach eingerichtet, außer dem Tisch und den Polstern gab es nur noch Regale an den Wänden, angefüllt mit Büchern. Draußen vor einem der Fenster bemerkte er ein Kind, es hing mit dem Kopf nach unten in der Astgabel eines Baumes und beobachtete ihn.

Wilfried kehrte mit einem Tablett, auf dem zwei Tassen und eine Büchse mit Zucker standen, zurück. Leo wies zum Fenster.

»Ihr Kind?«

»Ja.«

Er zögerte, nahm den heißen Tee, tat zwei Stücke Zucker hinein und trank vorsichtig.

»Und Ihre Frau?«

Wilfried breitete die Arme aus und hob die Schultern. Das konnte alles bedeuten. Vielleicht war sie fortgelaufen. Oder tot.

Leo fragte nicht weiter, dankbar spürte er, wie der Tee ihn von innen aufwärmte. Der Wind pfiff ums Haus, und das Kind im Baum begann gemächlich in den Kniekehlen hin- und herzuschaukeln.

Das Kind

Er hatte sich solange aufgehalten, daß er sich jetzt beeilen mußte, zum Mittagessen rechtzeitig nach Hause zu kommen. Er winkte Wilfried, der unter der Tür stand und ihm nachsah, und erreichte im Laufschritt in kurzer Zeit das Dorf. Als er an der Pfarrhaustür die Glocke zog, begann gerade das Zwölfuhrleuten. Seine Tante öffnete ihm.

»Pünktlich, pünktlich«, sagte sie, und ihr falsches Lächeln ließ ihn frieren. Er schob sich an ihr vorbei, zog an der Garderobe Stiefel und Mantel aus und ging in die Küche, wo sein Onkel und Rudolf bereits am Tisch saßen.

»Jetzt«, sagte Rudolf, und es klang zufrieden, wie er es sagte, »habe ich nur noch fünf Schüler.«

Der Pfarrer, der in einem Buch gelesen hatte, hob erschrocken den Kopf.

»Eine Epidemie?« fragte er.

»Vielleicht«, sagte Rudolf. »Man könnte es so nennen. Einer steckt den anderen an. Die Krankheit nennt sich Angst.«

»Angst«, wiederholte der Onkel. Er wandte sich

Leo zu und bot ihm den Stuhl neben dem seinen an. Rosine trug auf und setzte sich dann zu ihnen. Es gab Kartoffeln und dazu Fleisch in einer braunen Sauce, die nach Pilzen schmeckte. Rudolf schlang wieder in sich hinein, als würde er verfolgt und habe nur noch ein paar Minuten, bis man ihm den Teller wegriß, der Pfarrer aß langsam und bedächtig, in Gedanken schon wieder bei seinem Buch, das er neben sich liegen hatte, die Tante stocherte gelangweilt in ihrem Essen herum, obwohl sie es doch selbst zubereitet hatte, und nur Leo und Rosine aßen und schienen dabei zu schmekken, was sie auf dem Teller hatten, denn manchmal begegneten sich ihre Blicke in der geheimen Übereinkunft, nichts, was von Berta kam, irgendwie annehmbar zu finden.

»Soll ich helfen?« fragte Leo Rosine nach dem Essen.

Sie griff ihm in die Haare und zog daran. »Nicht nötig», sagte sie. »Das mach ich schon allein. Sieh dir doch mal die Kirche an, wenn du nicht schon drin warst.«

»Früher einmal«, sagte er, »aber das ist lange her.«

Eigentlich zog es ihn nicht schon wieder in die Kälte hinaus, aber er wußte auch nicht recht, was er jetzt tun sollte. In der Küche störte er im Moment nur, sie war sowieso überbesetzt als der einzige warme Raum im Haus, und dieser Umstand schien Rosine ziemlich in Rage zu bringen, denn sie klapperte beim Spülen mit dem Geschirr heftiger als nötig.

»Ist die Kirche offen?« fragte er.

Sein Onkel blickte vom Buch hoch. »Aber ja.«

Er ging in den Flur und stieg verdrossen in die kalten Stiefel. Den Mantel ließ er hängen, schließlich befand sich die Kirche nur ein paar Meter vom Pfarrhaus weg. Er überquerte den leeren Platz und stieß das schwere Portal auf. Es gab einen kleinen dämmerigen Vorraum, weißgestrichen, mit zwei Weihwasserbecken rechts und links des zweiten Eingangs, der mit zwei Flügeltüren den Blick in die Kirche noch verwehrte. Ein kleines rundes Fenster ließ sein Licht auf ein Bild fallen, das als einziger Schmuck an der Wand hing. Es war von ungeübter Hand gemalt, das sah sogar er, und trotzdem fesselte es den Betrachter durch die Situation, die es darstellte.

Von einem hohen, spärlich bewaldeten Berg raste auf einem schmalen, geschlängelten Weg ein Fuhrwerk herunter, den Pferden, die noch halb angeschirrt, halb losgerissen waren, stand Schaum vorm Maul. Unten im Tal kam eine kleine Brücke, die über eine Schlucht führte. Die Frage war, würden die durchgehenden Pferde das Fuhrwerk mit den Menschen, die sich darauf festklammerten, sicher über die Brücke bringen.

Fasziniert trat er näher und las den Text, der in ungelenken Buchstaben der Madonna, die auf einer Wolke über der Landschaft schwebte, den Dank dafür aussprach, daß alle gerettet worden waren. Was aber Leo am meisten interessierte, war die Darstellung der Umgebung, denn Weg und Schlucht mußten sich ganz in der Nähe des Dorfes befinden und bildeten nur einen kleinen Ausschnitt in der Gesamtheit der Darstellung. Er erkannte rechts oben die Kirche und das Pfarrhaus, einige Häuser, weniger als es jetzt waren, die Mauer, die das Dorf umfriedete, den Fluß. Er fand Wilfrieds Haus, das demnach sehr alt sein mußte, und weit hinter Wilfrieds Haus in einem Wäldchen versteckt, eine weitere Ansiedlung, kleiner als das Dorf, ohne Kirche, nur ein paar Häuser, dichtgedrängt. Überall waren Namen eingeschrieben, sogar die Bäche, die sich durch Felder und Wiesen schlängelten, trugen irgendeine Bezeichnung. Namenlos aber waren die Häuser im Wald. Das mußte das aufgelassene Dorf sein, von dem Wilfried und die Männer gesprochen hatten. Er prägte sich den Weg ein, der zu ihm führte, und nahm sich vor, irgendwann einmal hinzugehen, vielleicht um Mitternacht, wenn die Hexen tanzten. Er stellte sich seine Tante vor, wie sie mit aufgelösten Haaren den Boden stampfte und mit den Armen fuchtelte, und mußte sich dabei nicht einmal anstrengen. In seiner Phantasie jedenfalls schlüpfte sie nahtlos in die Rolle, in der das Dorf sie sah.

Er stieß die Schwingtüren auf und betrat den Hauptraum der Kirche. Der Boden, mit ausgetretenen Steinplatten belegt, ließ ihn seine Kälte durch die Sohlen der Schuhe hindurch spüren. Die Bänke waren alt und sicher unbequem, die Sitzflächen schmal, so daß man unwillkürlich lieber kniete als saß. Es gab einen Hauptaltar und zwei Seitenaltäre, vor dem einen brannte in einem Leuchter eine Kerze, und er erinnerte sich, daß der Heilige, der dort stand, der Namensgeber der Kirche und der Schutzpatron des Dorfes war. Wie hieß er nur? Er trat näher und betrachtete die holzgeschnitzte Figur genauer, sie hielt einen Kübel in der Hand und ... Erschrocken fuhr er herum.

Jemand, der leiser als ein Lufthauch hinter ihm hergeschlichen sein mußte, hatte ihn am Pullover gepackt und zog daran. Es war Wilfrieds Kind. Er erkannte es an den hellen, ausgebleichten Haaren, die ihm jetzt bis zur Schulter hingen, vor einer Stunde aber wie ein Schleier sich mit den Schaukelbewegungen vom Wind hatten hin- und herbewegen lassen.

»Mit dem Kopf nach unten kenn ich dich besser«, sagte Leo. »Was willst du?«

Das Kind nahm ihn an der Hand und führte ihn die Stufen zum Altarraum hinauf. Sie gingen um den Altar herum, hier war es dunkel und staubig, als hätte es genügt, die Kirche nur dort sauberzuhalten, wo sie den Besuchern sichtbar war. Direkt hinter dem Altar befand sich am Boden eine hölzerne Falltür. Das Kind zog sie nicht ohne Mühe hoch und blickte Leo erwartungsvoll an. Eine Steintreppe führte hinunter ins Dunkel. Leo lächelte bedenklich, und das Kind grinste zurück.

»Geh du vor«, sagte es und lispelte dabei ein bißchen, ob vor Aufregung oder weil ihm vorn zwei Zähne fehlten, konnte Leo nicht feststellen, fand aber, daß es das Lispeln auf keinen Fall vertrauenerweckender wirken ließ. Und er sollte recht behalten, denn kaum war er so weit hinuntergestiegen, daß sein Kopf tiefer als der Kirchenboden war, knallte der kleine Teufel die Tür über ihm zu und schien, dem Scharren nach zu schließen, noch irgend etwas darüberzuschieben.

»Du gehörst zu der Hexe«, erklärte es durch das Holz, »und deshalb mußt du sterben.«

Leo rieb sich die Augen, in die Staub gekommen war, und hustete. »Hör zu«, sagte er, »das machst du nicht gut. Such deinen Vater und frag ihn, zu wem ich gehöre. Er selbst hat mich gebeten, euch zu helfen.«

»Uns«, sagte die lispelnde Stimme über ihm, und es klang erstaunt, wie sie es sagte.

»Euch.«

»Den Feinden der roten Krähe?«

»Den Feinden der roten Krähe«, wiederholte Leo unbedenklich.

»Gib mir ein Zeichen«, flüsterte das Kind, den Mund dicht ans Holz gepreßt, damit Leo es auch hörte.

Ein Zeichen. Das war zuviel verlangt. Leo setzte sich auf eine der Stufen und wartete ab. Über ihm blieb es still, nicht einmal ein Atmen war zu hören. Merkwürdigerweise schien es ihm hier unten weniger kalt zu sein als in der Kirche. Er streckte die Arme aus, berührte rechts und links die Wände, erhob sich schließlich und stieg vorsichtig Stufe um Stufe in die Tiefe, bis er ebenen Boden spürte. Er folgte jetzt, mit beiden Händen tastend, einer Wand, die sich uneben und rissig anfühlte, als wäre sie aus Fels gehauen. Was mochte das hier sein? Eine Kapelle? Eine Gruft? Vielleicht war es aber auch ein unterirdischer Gang, der zum Kloster führte, das dort gestanden hatte, wo jetzt der Friedhof war. Der Onkel hatte ihm einmal die alten Pläne gezeigt, an einen Gang konnte er sich allerdings nicht erinnern, aber vielleicht war er nicht eingezeichnet gewesen, oder der Onkel hatte geschwiegen, um ihn nicht neugierig zu machen und zu Abenteuern zu verlocken, die gefährlich werden konnten. Er tastete sich langsam voran und hatte tatsächlich das Gefühl, daß er nicht im Kreis herum, sondern immer weiter geradeaus kam. Es mußte doch praktisch für die Mönche gewesen sein, unter der Erde in die Kirche kommen zu können, und er sah sie direkt vor sich, wie sie mit hochgeschlagenen Kapuzen und in die Ärmel ihrer Kutten gesteckten Händen rechts und links hinter dem Altar hervorkamen und ihre Plätze einnahmen. Plötzlich traf ihn ein Luftzug. Er kam an eine Tür, keine Falltür, sondern eine senkrecht stehende Holztür, durch deren breite Ritzen der kalte Luftstrom kam. Er lehnte sich dagegen und suchte nach einer Klinke, es gab keine, aber die Tür öffnete sich ganz von selbst nach außen, und er fand sich in einem großen alten Holzschrank, dessen beide Flügel nur leicht angelehnt waren. Er stieß sie auf.

Er war in der Friedhofskapelle, natürlich, sie war als einziges Bauwerk von dem alten Kloster übriggeblieben, und da, auf dem schwarzverhängten Gestell, das bei Bedarf den Särgen als Untersatz diente, saß das Kind und sah ihm respektvoll entgegen. Leo wischte sich die Spinnweben aus dem Gesicht und trat aus dem Schrank. Das Kind erhob sich, zog die Rückwand des Schrankes fest zu und verriegelte sie mit einem kleinen Riegel, der so angebracht war, daß er einem flüchtigen Betrachter verborgen bleiben mußte, erst dann schloß es sorgfältig die eigentlichen Schranktüren und drehte den knarrenden Schlüssel, der im Schloß steckte, zweimal um.

»Das hast du gut gemacht«, sagte es, »gib mir deine Hand.«

Trotz der Anerkennung durch den kleinen Burschen blieb Leo jetzt vorsichtig.

»Warum?« fragte er.

»O zum Teufel«, sagte das Kind, »weil ich dich aufnehmen werde. Du wirst mir schwören... bei deinem Blut.«

»Aha«, sagte Leo. Er streckte ihm den rechten Arm hin und beobachtete nicht ohne Sorge, wie der Kleine, geschickt und mit offensichtlicher Freude an seinem Tun, ihn mit einem Federmesser über dem Handgelenk ritzte, bis ein Tropfen Blut hervorquoll. Anschließend nahm er bei sich eine ähnliche Operation vor, vermischte die beiden Blutstropfen und schmierte sie anschließend auf Leos Ring- und Zeigefinger.

»Und jetzt schwöre.«

Leo hob die Hand. »Ich schwöre... aber was?«

»Tod der roten Krähe.«

Wer die rote Krähe war, mußte man ihm nicht erklären. Die Sache begann ihm Spaß zu machen.

»In Ordnung«, sagte er, »Tod der roten Krähe.«

Er setzte sich auf die schwarzverhängte Bahre, weil er fühlte, wie ihm von den ganzen Aufregungen schwach in den Knien wurde. Das Kind betrachtete ihn mitfühlend, setzte sich zu ihm und lehnte sich zutraulich an seine Schulter.

»Hier«, sagte es und hielt ihm eine Handvoll Weizenkörner hin, die es aus seiner Hosentasche zu Tage gefördert hatte. Obwohl Leo noch vom Mittagessen genug hatte, griff er zu und aß. Die Körner schmeckten gut und hatten, wenn man sie genügend zerkaute, einen Geschmack, der an Nüsse erinnerte. Er spürte die Wärme des kleinen Körpers und roch den Geruch, der von dem Kind ausging, es war ein angenehmer Geruch, wie von Milch und Kühen, die in einem warmen Stall lagen und gemächlich wiederkäuten, während draußen vor einem kleinen Fenster Regen niederging... oder auch Schnee. Plötzlich war auch die Musik aus Wilfrieds Haus wieder da, leise und sehr weit weg, als käme sie aus dem Boden, aber er war zu müde, um erstaunt zu sein. Vieles war geheimnisvoll, aber er konnte warten. Geheimnisse öffneten sich von selbst, wie Blumen, wenn man sie nicht mit Gewalt zu erforschen suchte, das wußte er.

Der Junker

Des Pfarrers einziger Freund, außer Wilfried vielleicht, denn obwohl er ein guter Pfarrer war, sahen ihn die Leute im Dorf wegen seiner Gelehrtheit und Weltfremdheit nicht als ihresgleichen an, war ein Gutsbesitzer, der in seinen guten Jahren zu den reichsten und mächtigsten Männern der Gegend gehört hatte. Immer noch besaß er viel Land um das Dorf, aber das meiste hatte er verpachtet, und was er nicht verpachtet hatte, ließ er verwildern. Er lebte mit einer Haushälterin in dem ehemaligen Gutshaus und wurde, obwohl er mit der Zeit mürbe geworden war und sein herrisches Auftreten fast ganz verloren hatte, der Junker genannt. Er ging nun schon auf die Achtzig zu, war groß und gut gewachsen, das weiße Haar hing ihm wirr ums Gesicht und ließ ihn, weil es den Kontrast zu der dunkelgegerbten Haut noch erhöhte, manchmal wie einen alten Indianerhäuptling aussehen – trotz der bestickten Westen, die er immer trug.

Er hatte immer noch etwas Ungezähmtes an sich, und man glaubte, wenn man ihn sah, die Geschichten, die von ihm erzählt wurden. Verrückte Geschichten, und wenn auch nur die Hälfte davon wahr war, hatte er in einem Leben das erlebt, wozu andere zehn Leben gebraucht hätten. Deshalb wurmte es ihn auch so, daß sein Enkel das war, was er, nachdem seine Frau und seine Tochter gestorben waren und er auf sie keine Rücksicht mehr nehmen mußte, einen debilen Hund nannte. So nannte er ihn vor ihm selbst und jedem, der ihn hören konnte.

»Ein schwachsinniger, debiler Hund. Schleicht herum und schreibt Gedichte. Fällt von jedem Gaul. Weiß nicht, wo bei einem Fuchs vorn und hinten ist. Würde die Kühe an den Hörnern melken.« Und wenn er genug getrunken hatte, ging er so weit, seiner Tochter zu unterstellen, daß sie sich wohl an einem schwülen Sommernachmittag mit einem der Hausierer eingelassen hatte, die damals durch die Dörfer zogen.

»Von wem sollte er denn sonst sein«, schrie er dann jedesmal und schlug mit der Faust auf den Tisch. »Wenn er ein Mädchen wäre, meinetwegen. Aber so, ein Kerl wie ein Baum, mit Haaren wie Werg... zu nichts nutze.«

»Aber seine Gedichte sind gut«, wandte der Pfarrer ein, der meistens, wie auch an diesem kalten Nachmittag, zum unfreiwilligen Opfer der großväterlichen Ausbrüche wurde.

»Gut«, schnaubte der Alte, »hast du sie gelesen?«

»Alle«, sagte der Pfarrer schlicht. Nun war er, was der Junker sehr wohl wußte, wahrhaftig ein gelehrter Mann, der die halben Tage mit Büchern verbrachte und sich selbst, außer den in der Schule erlernten, noch ein paar Sprachen beigebracht hatte, damit er die Bücher, die ihn interessierten, im Original lesen konnte. Sogar Arabisch konnte er. Aber das interessierte den Alten im Zusammenhang mit seinem Enkel herzlich wenig.

»Jeder weiß«, sagte er, »daß du hinterm Mond lebst. Daß du einen Drachen im Pfarrhaus sitzen hast, vor dem du zitterst...«

»Ich zittere nicht«, warf der Pfarrer ein.

»Zitterst und bebst«, fuhr der Junker fort. »Ich mag dich, aber was deine Urteilskraft betreffs meines Enkels angeht, so sage ich dir, du bist inkompetent.« Das letzte Wort brüllte er so, daß sogar die fast taube Haushälterin in der Küche zusammenfuhr und beinahe das Huhn hätte fallen lassen, das sie gerade füllen wollte.

»Du solltest nicht soviel trinken«, meinte der Pfarrer.

»Und ob ich trinke. Was bleibt mir sonst. Ich hab's aufgegeben, mich für diesen Schwachkopf abzurakkern, der doch nichts von allem hier wissen will. Es sind meine Träume, die ich ersäufe«, erklärte er nun fast weinerlich und griff nach des Pfarrers Hand.

»Kannst du das nicht verstehen? Als er noch klein war, nahm ich ihn überall mit, hatte ihn auf dem Sattel vor mir sitzen. Und wie stolz war ich, wenn sie auch vor ihm den Hut zogen, die auf den Feldern, im Wald, im Dorf. Jetzt lachen sie über ihn und über mich.«

»Er ist anders als du«, sagte der Pfarrer. »Nimm ihn, wie er ist.«

»Nein«, sagte der Alte. »Mit ein bißchen Rückgrat und Disziplin geht alles. Von mir aus hätte er sie ja abends schreiben können, seine Gedichte. Nach der Arbeit.«

»Er ist kein Bauer.«

»Herrgott nochmal«, schrie der Junker aufs höchste erregt, »was soll das heißen: Er ist kein Bauer. Ich bin ein Bauer und bin stolz drauf.«

»Natürlich«, sagte der Pfarrer. »Und ich bin Priester. Siehst du mich im Kuhstall?«

»Warum nicht«, sagte der Junker. Er hatte sich wieder beruhigt und streifte den Pfarrer mit einem schrägen Blick. »Wenn er wenigstens deine Statur hätte, entschuldige, schon das wäre mir ein Trost. Wenn er schwach wäre... kränklich. Aber er ist wie geschaffen für diese Art Leben... während andere, die nicht seine Kraft, nicht seine Möglichkeiten haben...«

»Außen«, sagte der Pfarrer, »ist er ein Riese. Aber innen?«

»Ein Kretin. Wie Manni. Schluß damit.«

Und der Pfarrer fügte sich und schwieg, obwohl er mit dem Vergleich absolut nicht einverstanden war. Manni war, was man den Dorfidioten nannte, obwohl er alles andere als ein Idiot war. Er war klein, verwachsen, mit Armen, deren Hände beim Gehen fast am Boden baumelten, und, so sehr sich der Pfarrer auch gegen den Gedanken sträubte, genauso widerlich, wie er aussah. Listig, verschlagen, bösartig, hatte er es nicht nötig, sich hinter einer Maske zu verstecken, er war wenigstens kein Heuchler, aber das war dann auch schon alles, was man ihm an positiven Eigenschaften zuschreiben konnte. Sicher war er nicht aus Veranlagung böse, dachte der Pfarrer jedesmal, wenn er ihn sah, er war so geworden, weil ihm die andere Richtung, demütig, fromm und unterwürfig sich den Spott der anderen gefallen zu lassen, nicht gepaßt hatte, wenn schon ein buckliger Teufel, dann einer, vor dem die Kinder kreischend davonrannten, wenn schon ein schlechter Witz der Natur, dann einer, bei dem das Lachen im Hals steckenblieb.

»Für mich«, meinte der Pfarrer seufzend und sah zum Fenster, gegen das ein dünner, grausamer Novemberregen zu stricheln begonnen hatte, »wird es nun Zeit.«

»Machst du immer noch deine Runde?«

»Jeden Tag.«

»Die Kranken besuchen ... rechnest du mich auch dazu?«

»Du bist nicht krank. Zu dir komme ich, weil du mein Freund bist.«

»Danke«, knurrte der Alte. »Besuch kommt selten genug. Neulich war einer da, aus der Stadt. Er wollte das Wäldchen kaufen, stell dir vor.«

Der Pfarrer, schon im Gehen, blieb so plötzlich stehen, als habe ihn ein Pfeil in den Rücken getroffen.

»Das mit dem verlassenen Dorf?« fragte er fast flüsternd.

»Ich hab doch nur das eine. Natürlich das mit dem Dorf. Er wollte es kaufen, um Ausgrabungen zu machen. Sagte, er sei Archäologe.«

»Und du?«

»Ich hab ihn rausgeworfen.«

»Das war gut«, murmelte der Pfarrer. »Gut. Wo hab ich denn nur ...« Er griff nach seinem Hut, der an einem Haken neben der Tür hing, und wagte sich mit hochgezogenen Schultern in den Regen, der ihm sofort voll Begeisterung auf den mageren Rücken, der nur mit der dünnen Soutane geschützt war, zu trommeln begann.

»Du wirst dir den Tod holen«, rief der Junker ihm nach, der sich erhoben hatte und nun mit seinem Glas unter der Tür stand, um ihm nachzusehen, wie er, halb trippelnd, halb hüpfend, den Pfützen auszuweichen versuchte, die sich in dem von Räderfurchen durchzogenen, ungepflasterten Hof gebildet hatten. »Du hättest hierbleiben und mit mir zu Abend essen sollen. Es gibt Huhn.«

Er starrte, nachdem der Pfarrer um die Ecke des Stalles verschwunden war, in den trüben Himmel und schüttelte den Kopf.

»Dann freß ich's eben alleine«, sagte er.

Josef

Josef, der Dichter, Josef, des Junkers Enkel, saß in der warmen Scheune auf einem Bündel Stroh und rauchte in seiner Pfeife getrocknete und zerriebene Blätter und Kapseln von Bilsenkraut, das er den Sommer über längs der Friedhofsmauer gepflückt hatte. Es gab auch andere Stellen, wo Bilsenkraut wuchs, aber keines hatte, seiner Ansicht nach, die Wirkung und das Aroma des von den Gräbern genährten. Er atmete den Rauch tief ein und ließ den Kopf ins Stroh zurücksinken. Mochte der Alte drüben im Gutshaus auch wieder toben, wenn er ihn nachher sah, ihm war das egal. Jedesmal verrieten ihn seine glänzenden Augen, die übergroßen Pupillen, der Geruch, der in seinen Kleidern hing, aber aus einer wunderbaren Ferne und Gleichgültigkeit heraus ließ er das Geschimpfe über sich ergehen, sah den schreienden alten Mann bald riesengroß, dann wieder winzig klein, kläffend auf dem Fußboden, daß er sich das Lachen verkneifen mußte. Natürlich ging's ihm hinterher immer schlecht, elend schlecht, er wälzte sich dann im Bett, mit trockenem Mund, sonst aber ganz mit kaltem Schweiß bedeckt, aber das war die Sache ihm wert.

Man mußte sich betäuben, um in dieser Welt leben zu können, in der andere Maßstäbe galten als die, die er für richtig erkannt hatte. Nur so konnte er seine Umgebung ertragen – von ein paar Ausnahmen abgesehen –, und eine dieser Ausnahmen kam jetzt in die Scheune geschlüpft und kauerte sich zu ihm ins Stroh.

»Riecht scheußlich«, sagte das Kind.

Josef grunzte nur. Noch war er nicht weg. Er griff dem Kind in die Haare und bog ihm den Kopf zurück.

»Du wirst ihr immer ähnlicher«, sagte er.

»Meiner Mutter?«

»Wem sonst.«

»Wilfried sagt das auch. Meinst du, sie kommt wieder?«

»Ich denke doch.«

Er atmete tief den Rauch ein und stieß ihn dann durch die Nase wieder aus. Das Kind schaukelte auf seinen Fersen vor und zurück und sah ihm respektvoll zu. Plötzlich beugte es sich vor, legte Josef den Mund ans Ohr und flüsterte leise etwas hinein.

»Was?« sagte Josef.

»Tod der roten Krähe«, sagte das Kind.

»Tod«, murmelte Josef, »beeil dich, wenn du mir was zu sagen hast. Ich bin am Abrutschen.«

»Wir haben einen Neuen«, berichtete das Kind hastig, »er wohnt im Pfarrhaus. Es ist ein Junge. Er war lange krank und soll sich hier erholen.«

»Weiß er schon was?« fragte Josef schläfrig.

»Nein. Beim nächsten Treffen soll er mit.«

»Wo... schnell.« Josef begann schwer zu atmen. Sein Gesicht verlor die Farbe, die Augäpfel verdrehten sich nach oben.

»Im Wasserschloß. Am Dienstag. Zeit wie immer.«

»Ah«, sagte Josef. Er rutschte zurück und schloß die Augen. Das Kind nahm ihm die Pfeife aus der Hand, roch daran, spuckte auf den Tabak, der noch glühte, und legte sie auf eine Stelle, wo das Stroh beiseitegeschoben und der nackte Lehmboden sichtbar war.

Josef war weit weg, wanderte Woche um Woche zurück, bis er wieder wie an jenem fernen Spätsommernachmittag das erste Mal Wilfrieds Haus betrat und Anna gegenüberstand. Mit Wilfried war er schon lange befreundet gewesen, sie hatten in der Kneipe zusammen den gelben Schnaps getrunken, der so wunderbar in den Eingeweiden brannte, und er wußte, daß Wilfried eine Frau und ein Kind hatte. Getroffen hatte er beide noch nie. Vielleicht einmal gesehen, ohne zu wissen, wer sie waren, aber nicht einmal dessen war er sich sicher, als er Annas Hand nahm, die sie ihm hinstreckte, und sie in der seinen hielt. Solche Frauen wie sie gab es hier nicht. Die hier waren dunkel, groß und kräftig, Anna war klein, hatte ganz helles, ausgewaschen wirkendes Haar und den unbestimmten Blick, wie ihn die haben, deren Augen nicht ganz gerade stehen. Ein Auge sah immer weg, wenn das andere ihn ansah, und er hatte das Gefühl, daß es einmal das eine, einmal das andere Auge war und daß gerade immer das Auge ihm auswich, auf das er hinblickte.

Spröde kam sie ihm vor, ausweichend, er spürte, daß sie anders redete als dachte. Er ging bald wieder, unbesorgt und heiter, mit dem vagen Gedanken, daß ein Wiedersehen sich nicht lohne. Aber dann, ein paar Tage später, traf er sie zufällig in einem Hohlweg und sprach ein paar Worte mit ihr, und ein Windstoß hob ihr eine Haarsträhne hoch und wehte sie ihm ins Gesicht. Es war wie die Berührung von Spinnfäden, die er manchmal beim Querfeldeingehen zerriß, unbeschreiblich sanft, kaum spürbar, und doch griff er sich an die Wange, als hätte diese Berührung etwas hinterlassen, was nun nie mehr weggehen würde.

Von diesem Tag an sah er sie öfter. Sie hatte einen Hund, einen großen struppigen Köter mit gelben Augen, der ihm nun wie zufällig immer wieder über den Weg lief. Josef brauchte ihm nur zu folgen, und bald erblickte er sie, am Rande des Wäldchens, in dem sich das aufgelassene Dorf befand, oder jenseits eines Maisfeldes, in dem der Mais noch so niedrig stand, daß er sie sehen konnte, oder einmal sogar auf der anderen Seite des Flusses, wo sie auf den Steinen am Ufer saß, die Arme auf die Knie gestützt. Nie mehr kam er ihr so nah wie in dem Hohlweg, aber wenn er sie sah, berührte er die Stelle, wo ihr Haar ihn gestreift hatte und fühlte sein Herz schwer werden.

Einmal hatte der Hund ihn zum Wasserschloß unten am Fluß geführt, dessen Graben schon lange nicht mehr genug Wasser bekommen hatte, so daß er mit Brennesseln zugewachsen war. Dort hatte sie oben an einem der Fenster gestanden und auf ihn gewartet. Als er aber eingetreten war und sie suchte, hörte er nur ihr Lachen und ihre Schritte, gespenstisch leicht, einmal in dem Stockwerk über ihm, und Sekunden darauf in einem Zimmer nebenan, in das er hineinstürzte, um wieder nur ihr Lachen zu hören, dicht neben seinem Ohr und dann unten im Graben, wo sie, als er sich aus dem Fenster beugte, mit dem Hund in den Brennesseln stand und die Arme zu ihm hochstreckte.

»Anna«, rief er, »Anna, ich liebe dich.«

Das war das letztemal, daß er sie sah. Sie blieb verschwunden, nicht nur für ihn. Er suchte sogar Wilfried auf, dem er die letzte Zeit aus dem Weg gegangen war, und fragte nach ihr. Möglichst unverfänglich, aber seine Stimme zitterte.

Sie saßen auf den Polstern in Wilfrieds Zimmer, und das Kind tanzte um sie herum zu der Musik, die nur ihm zu folgen schien, wie ein Mückenschwarm, der unbeirrbar an einer bestimmten Stelle bleibt.

»Anna«, sagte Wilfried bedächtig und stocherte in

seiner Pfeife, »ist fort. Sie und der Hund, und niemand wird dir sagen können, wohin. Auch ich nicht.« Er legte sich zurück und stützte einen Ellbogen auf das Polster. »Fehlt sie dir?« fragte er.

Josef schluckte und wich dem Blick der dunklen Augen aus, die so ganz anders waren als Annas Hexenblick, der nie zu fassen war.

»Ja«, sagte er.

»Mir nicht«, sagte Wilfried gleichgültig. Er drehte den Kopf zum Fenster und stieß langsam den Rauch aus. Das Kind hörte auf zu tanzen und begann mit den Händen den Rauch auseinanderzufächeln. »Vielleicht haben die sie gefangen, die nach dem Dorn suchen«, sagte es.

»Welcher Dorn?« fragte Josef, froh, über ein Thema reden zu können, das ihm nicht so nahe ging.

»Soll ich's ihm sagen?« fragte das Kind. Wilfried nickte.

»Erst mußt du aber schwören ...«

»Bitte diesmal ohne Blut«, sagte Wilfried.

Das Kind gab ein enttäuschtes Schnaufen von sich und schmiegte sich an Josef. Der Gesang der Mönche verstummte, als machten auch sie sich bereit zu hören.

»Es war einmal ...«, begann das Kind mit leiser Stimme und strich sich dabei die Haare aus dem Gesicht, »vor langer Zeit, daß die Mönche im Kloster eine Reliquie hatten ... aus dem Heiligen Land und von den Kreuzzügen mitgebracht. Es war ein Dorn aus der Krone, die man Jesus aufsetzte, als er gegeißelt wurde. Die Reliquie war in einem goldenen Kasten, und der Kasten war geschmückt mit Edelsteinen, die so funkelten, daß die Kerzen daneben verblaßten. Und es kamen von überallher Leute, um davor zu beten. Es geschahen auch Wunder...« Das Kind unterbrach sich, und hatte es bis jetzt gesprochen, als lese es einen Text aus einem Buch, so verfiel es nun wieder in seine eigene Sprache und fuhr fort: »Aber dann war Krieg, und das Kloster brannte ab, und ein paar Mönche versteckten sich mit dem Schatz im Wald und vergruben ihn dort. Und einer hat alles aufgeschrieben, wie es war und wo der Schatz jetzt ist, aber er hat es so aufgeschrieben, daß niemand was versteht, und zum Schluß heißt es: Wenn Gott mit dir ist, wirst du ihn finden.«

»Sic deus tecum est«, sagte Wilfried.

»Ja, und er ist bei uns, viel mehr als bei den anderen. Und wenn wir das Kästchen finden, stellen wir es wieder in der Kirche auf.«

Noch vieles erfuhr Josef an jenem Tag. Daß die Mönche sich den Räubern und Wilderern angeschlossen hätten, die in einem schwer zugänglichen Dorf im Wald hausten. Daß sie ihr Gelübde vergessen und geheiratet hätten, daß sie seitdem verflucht seien und keine Ruhe mehr fänden, bis jemand die Reliquie gefunden und in die Kirche zurückgebracht habe. Er erfuhr, daß die Aufzeichnung der Mönche, die im Pfarrhaus aufbewahrt worden war, verschwunden war und daß eine Gegengruppe, zu der Leos Tante mit ihrem Sohn gehörte, sich vor ihnen den kostbaren Schatz anzueignen versuchte.

»Sie wissen nicht mehr als wir«, sagte Wilfried. »Nur eines geht aus der Beschreibung sicher hervor: Die Reliquie befindet sich auf dem Gelände des Dorfes, in dem die Mönche sich mit den Verfemten zusammengetan haben. Vielleicht haben sie schon damals die Steine herausgebrochen und das Gold eingeschmolzen, vielleicht aber auch nicht. Das Dorf jedenfalls wurde eines Tages umstellt und seine Bewohner gefangengenommen oder vertrieben. Das ist lange her, und seitdem verfällt es.«

»Und warum grabt ihr nicht dort?«

»Wir überlassen die Arbeit den anderen. Sie haben mit Hilfe der rothaarigen Berta im Pfarrhaus das Gerücht in Umlauf gesetzt, daß es dort im Wald nicht mit rechten Dingen zugeht. Seitdem traut sich keiner mehr hin, und daß sie bei Nacht und im Schein von Fackeln graben, deren zuckendes Licht man durch die Bäume sieht, verängstigt die abergläubischen Gemüter hier nur noch mehr.«

»Wenn sie den Schatz aber finden, nehmen sie ihn mit«, sagte Josef, »und ihr habt das Nachsehen.«

»Nein«, sagte Wilfried. »Einer der ihren gehört zu uns. Er ist immer dabei und sie vertrauen ihm.«

»Und wer ist das?« fragte Josef.

»Charon. Wir nennen ihn Charon. Der Fährmann unten am Fluß.«

Josef seufzte in seinem Traum und wälzte sich auf die Seite. Seine Augenlider zuckten über den sich drehenden Augäpfeln. Die Gestalten, mit denen er eben noch gesprochen hatte, lösten sich auf, zuerst das Kind, dann Wilfried, zuletzt sah er Anna, die ihm winkte. Nun kamen die Bilder, die er fürchtete, wenn er wieder wach war, schreckliche Wesen, die ihn würgten und verlachten, Ausgeburten der Hölle, Boschs Gemälden entsprungen, aber er wußte, daß all diese Geschöpfe nicht von außen kamen, sondern in ihm waren und er ihnen mit dem Bilsenkraut den Weg zu seinen Sinnen geöffnet hatte.

»Alle habt ihr sie«, stöhnte er mit trockenem Mund, »nur laßt ihr sie nie heraus. Alle habt ihr eure Teufel.«

Endlich ließen sie gnädig von ihm ab, und er sank in einen tiefen Schlaf.

Im Wasserschloß

Der Dienstag, an dem sie sich trafen, war der zweite Tag im November. Es hatte in der Nacht Frost gegeben, der den Boden verhärtete und wohl auch über Tag nicht weggehen würde. Das hieß, daß ihre Feinde die Grabungen einstellen mußten, bis es wieder wärmer wurde, und das bedeutete bei dem rauhen Klima hier bis zum späten Frühjahr. Der Gedanke daran machte den Pfarrer geradezu glücklich. Er saß auf einer Truhe im früheren Festsaal des Wasserschlosses und schlug ab und zu mit den Füßen gegen das Holz, das einen dumpfen Ton von sich gab, als trete er gegen einen Sarg.

Noch war er allein. Es war kalt hier, durch zerbrochene Fensterscheiben zog eisig die Luft, aber er ließ sich nicht entmutigen. Knackend rieb er die Hände gegeneinander und sah auf den großen Kamin, in dem Charon schon das Holz aufgeschichtet hatte, das sie aber erst anzünden würden, wenn alle da waren. Auch das war einer ihrer Riten, einer von fast zu vielen Riten, die der ganzen Sache im Grunde ihre Wichtigkeit nahmen und sie zu einem Knabenspiel degradierten.

Aber warum auch nicht. Ihm selbst ging es nur um den Dorn, nicht um das Gold und die Steine.

Das Ganze hatte damit angefangen, daß Rudolf in den alten Chroniken im Pfarrhaus herumgestöbert und die Mitteilung der Mönche gefunden hatte. Nie hatte jemand daran gedacht, nach dem Kästchen zu suchen, zu verschlüsselt war die Botschaft, aber Rudolf hatte gebeten, das Schriftstück einmal mit in die Stadt nehmen zu dürfen, um es einem Experten zu zeigen. Und dieser Experte, den der Pfarrer noch nie gesehen hatte, hatte das Blatt immer noch. Um es zu prüfen, sagte Rudolf. Aber der Pfarrer hatte sich erkundigt, und siehe da, es gab in der ganzen Stadt keinen einzigen Mann, der für so eine Sache in Frage gekommen wäre. Er hatte sich mit Wilfried beraten, der ihm in einem solchen Fall geeigneter schien als der unberechenbare und schnell aufbrausende Junker, und Wilfried hatte Hilfe versprochen. Und so unorthodox wie alles bei ihm war auch seine Idee gewesen, eine Gegenpartei zu bilden, die mit geeigneten Mitgliedern den Kampf gegen die potentiellen Reliquienräuber aufnahm. Der Pfarrer, der die Sache eigentlich einem seiner Oberen hätte melden müssen, fügte sich, einerseits, weil er Schwägerin und Neffen noch nichts anlasten wollte, andererseits aber auch, weil ihm das alles in gewisser Weise Spaß machte. Er horchte auf, als er durch die fast leeren, hallenden Räume Schritte näherkommen hörte.

Es waren mehrere, als erste betraten Wilfried und Charon den Raum, ihnen folgten Josef, Leo und das Kind.

»Leo!« rief der Pfarrer erstaunt.

»Leo«, sagte Wilfried, »er fügt sich ein wie das letzte Stück eines Puzzles. Ich erwarte mir von ihm sehr viel.« Ein Schatten flog über Wilfrieds Gesicht, und der Pfarrer sah ihn einen Moment erstaunt und nachdenklich an, denn bisher hatte er geglaubt, daß die Suche nach dem Dorn für Wilfried auch nicht viel mehr als ein Spaß war. Er zog seinen Mantel fester um die Schultern und wandte sich den anderen zu, die, in ein Gespräch vertieft, in der Nähe der Tür stehengeblieben waren.

»Mach endlich Feuer, Charon«, rief der Pfarrer, »ich erfriere.«

Der Fährmann, groß wie Josef, aber in den Schultern so breit, daß er fast schon wieder untersetzt wirkte, lachte und ging zum Kamin. Schnell züngelte in dem sorgsam geschichteten Holz eine Flamme hoch, kleine Rauchwolken stiegen aus dem knisternden Feuer. Sie stellten sich im Halbkreis um den Kamin und nahmen sich bei den Händen.

»Tod der roten Krähe«, rief das Kind mit seiner etwas lispelnden Stimme, und die anderen antworteten, so feierlich sie es vermochten: »Tod.«

Sie rückten ein paar staubige Stühle und Sessel näher und setzten sich.

»Wie weit seid ihr, Charon?« fragte Wilfried.

Der Fährmann kratzte sich hinterm Ohr und grinste. »Nicht viel weiter«, sagte er. »Sie buddeln und buddeln und werden immer mürrischer. Die Dame Berta steht dabei und hadert mit dem Chinesen, und der Chinese seinerseits treibt seine beiden Totengräber, die er sich zur Unterstützung vom Friedhof geholt hat, so an, daß ich mir vorstellen kann, daß sie trotz der guten Bezahlung demnächst ihre Spaten hinwerfen werden.«

»Es ist jetzt sowieso Frost«, warf der Pfarrer ein.

»So ist es«, sagte Charon, »und ich bin froh drum, es war die letzten Nächte schon verflucht kalt. Ein Mann in meinem Alter gehört nachts ins Bett. Ich hab's wirklich nur für euch getan und nicht wegen des Geldes, das der alte Kahlkopf mir gibt.«

»Er dürfte jetzt bald schon soviel ausgegeben haben, daß es sich kaum noch für ihn lohnt«, meinte der Pfarrer.

»So seh ich das nicht«, wandte Charon ein, »er hat Geld genug. Ihm gehören das größte Antiquitätengeschäft in der Stadt und nebenher noch ein paar Mietshäuser. Und dies und jenes. Nein, wenn ihr mich fragt, bei ihm ist es ein Spleen. Scharf auf den Gewinn sind nur Rudolf und Berta, die fallen beinahe kopfüber in die Grube, wenn der Spaten mal auf was Hartes stößt.«

»Mäßige dich«, sagte der Pfarrer, »es sind immerhin meine Verwandten.«

»Schöne Verwandte«, höhnte Charon, »die das ganze Dorf konfus machen, wegen der paar Kröten, die man ihnen versprochen hat.«

Darauf sagte der Pfarrer nichts mehr. Das Feuer begann intensive Wärme auszustrahlen, und sie rückten noch näher und streckten die Hände danach aus. Wilfried zog aus seiner ausgebeulten Rocktasche ein Taschenmesser mit einem Korkenzieher und ging zu einem Schrank, aus dem er eine Flasche Rotwein und ein paar Gläser holte. Das Kind hatte sich davongemacht, um in den oberen Stockwerken nach Fledermäusen zu suchen. Sie hörten den fernen Klang seiner Stimme, wenn es etwas rief.

»Dein Glas, Josef«, sagte Wilfried nun schon zum zweitenmal. Er hielt dem völlig Abwesenden das gefüllte Glas unter die Nase und schwenkte es sachte hin und her, damit er die Blume riechen und endlich aufwachen sollte.

Josef erschrak und nahm das Glas schuldbewußt aus Wilfrieds Hand. Wußte er, daß er an Anna gedacht hatte, daß er sich nichts mehr wünschte, als sie bei sich zu haben, und wenn sie hundertmal Wilfrieds Frau war? Er hatte ihren Hund gesehen, vor ein paar Tagen im Dorf. Der struppige Köter mit den gelben Augen war unverwechselbar.

»Ich habe Annas Hund gesehen«, sagte er laut.

Klirrend fiel das Glas, das Wilfried gerade dem

Pfarrer eingeschenkt hatte, zu Boden. Eine rote Lache bildete sich, die aussah wie Blut. Wilfried hob die zwei Teile des zerbrochenen Glases auf und warf sie ins Feuer. Jeder von ihnen konnte sehen, daß seine Hände zitterten, aber keiner wagte eine Bemerkung zu machen.

»Huhu«, rief das Kind von weitem – jetzt schon auf dem Speicher. Der Pfarrer stand auf, holte aus dem Schrank ein neues Glas und goß sich selbst ein.

»Es ist also nicht Berta«, sagte er.

»Natürlich nicht.« Wilfried hatte sich wieder hingesetzt und starrte mit düster zusammengezogenen Augenbrauen ins Feuer. »Deine Berta macht nur Theater. Sie könnte nicht mal ein Huhn verhexen. Es ist Anna, die im Dorf ihr Unwesen treibt, Anna, die die Tiere krank macht, den alten Leuten als Alp auf der Brust sitzt, die Kinder nachts durch die Fenster anstarrt, wenn sie ängstlich in ihren Betten liegen.«

»Hast du sie weggeschickt?« fragte der Pfarrer leise. »Oder ist sie so gegangen?«

Wilfried hob eine Hand und legte sie über die Augen. »Ich hab sie umgebracht«, sagte er.

Charon öffnete den Mund, als wollte er etwas sagen, aber dann preßte er die Lippen wieder fest zusammen, sah ins Feuer und schwieg.

Der Chinese

Der Chinese war in Wirklichkeit kein Chinese. Man nannte ihn in seinem Viertel so, weil er klein war, weil er kahlköpfig war, weil er zu Hause stets in einem alten Kimono herumschlurfte, der ihm viel zu weit war und ihn noch magerer aussehen ließ, als er ohnehin schon war.

Zu Hause, das war sein Antiquitäten- und Trödelladen, denn er hatte wirklich beides, Stücke, die Sammler in Begeisterung versetzten, und dann wieder alten Kram, den wirklich nur die Leute kauften, denen daran lag, daß er alt war, ob wertvoll oder nicht. Zu Hause bedeutete für den Chinesen, inmitten all dieser Dinge zu leben, er hatte keine abgeschlossene Wohnung, irgendwo an einer Wand gab es in dem riesigen Raum, der ihm als Lager diente, einen Herd, eine Spüle, ein Bord mit Lebensmitteln. Essen, lesen, sich mit Besuchern zusammensetzen tat er mal hier, mal dort, wo ein Sofa, ein Tisch, ein paar Stühle sich fanden. Unverkäuflich, unverrückbar, Fixpunkt und Insel war nur das Bett, ein alter, ausladender Diwan, mit Decken und Kissen so überhäuft, als müßte die Prinzessin auf der

Erbse darauf schlafen. Dicht bei dem Bett stand eine Stehlampe, die der Chinese bei Anbruch der Dämmerung regelmäßig anzündete, und die beschien dann mit ihrem sanften Licht dieses Kissengebirge, zauberte Kuhlen und Hügel und langgestreckte Täler und ließ das Bettzeug einmal wie einen Wolkenberg und dann wieder wie ein monströses Tier aussehen.

Wer aus der Kälte oder aus dem Regen kam, verspürte sofort Lust, in dieses gewaltige Bett zu kriechen, in dem man sich geborgen fühlen konnte, obwohl ihm doch nirgendwo eine Wand Schutz gab, sondern sich der Blick, lag man darin, nach allen Seiten in der Möbellandschaft verlor.

So ging es auch Wilfried, als er an einem regnerischen Abend den Laden betrat, den kleinen Vorraum, in dem es nur ein paar Regale mit Gläsern und Geschirr gab, nachdem sich niemand zeigte, durchschritt und durch einen schweren roten Vorhang in den eigentlichen Laden, das Lager, eintrat. Sein Mantel war feucht, er knöpfte ihn mit klammen Fingern auf und blickte über Tische und Stühle, gußeiserne Öfen und Kommoden hinweg auf das Bett, das beleuchtet war, während alles andere in geheimnisvollem Schatten lag.

»Ist da jemand?« rief er, den Kopf vorgeneigt, um auch das leiseste Geräusch zu hören, und zog den Mantel ganz aus, als eine Stimme vor ihm mit »Ja« antwortete.

Der Chinese kam auf seinen Filzpantoffeln nahezu lautlos heran, und Wilfried, der sich einen hinterhältigen Alten vorgestellt hatte, einen Shylock mit raffgierigen Händen, fand sich nun einem freundlich blickenden Mann gegenüber, der nicht viel größer war als ein zwölfjähriges Kind.

»Ich komme«, sagte Wilfried, »eigentlich nur, Ihre Sachen anzusehen. Ich will nichts kaufen.«

»Macht nichts«, meinte der Chinese. Er ging voran und machte hier und dort Licht, einmal auf einem Schreibtisch, wo eine Frau, in Bronze gegossen, in ihren erhobenen Händen eine leuchtende Kugel hielt, dann wieder neben einem Sofa, wo auf einem Sockel eine Lampe, die einer Fackel nachgebildet war, einen rötlichen Schein gab, oder er zündete über einem runden Tisch eine Petroleumleuchte an, die ihr warmes Licht über Geschirr und Gläser auf dem Tisch und die ihn umstehenden, mit verblaßtem Samt bezogenen Stühle warf. So gingen sie schweigend hintereinander, unergründlich schien das Reich des Chinesen zu sein, und waren sie eben noch im Jugendstil, so befanden sie sich plötzlich hinter dem nächsten Schrank in einem Biedermeierschlafzimmer, auf dessen Bett sich aber wieder ein Bündel Nachthemden bauschte, aus einer Zeit, die weit danach sein mußte, denn diese sich steinhart anfühlenden Hemden aus grobem Leinen kannte Wilfried noch aus dem Wäscheschrank seiner

Mutter. Er blieb stehen, strich mit der Hand über den Stoff, hob ihn etwas an und steckte seine Nase hinein.

»Lavendel«, sagte er.

»Ach wirklich?« Der Chinese beugte sich vor und tat es Wilfried gleich. »Tatsächlich, Sie haben recht. Immer noch hängt dieser Duft daran, obwohl ich sie doch schon so lange hier liegen habe. Ich liebe Gerüche, Sie auch? Manchmal kaufe ich eine Sache nur ihres Geruches wegen. Auch hier, überall, herrschen bestimmte Gerüche vor. Haben Sie es bemerkt?«

»Natürlich«, sagte Wilfried. »Es riecht nach Moder. Etwas nach Weihrauch, wie in alten Kirchen. Nach Stoff, der mit Mottenpulver bestäubt wurde. Irgendein Riechwasser. Räucherstäbchen.«

»Phantastisch!«

»Dazu kommt der Geruch Ihres Abendessens. Das ist natürlich sehr einfach.«

»Was hatte ich?«

»Pfannkuchen.«

»Mit Preiselbeeren«, rief der Chinese. »Trinken Sie ein Glas Wein mit mir?«

»Gern«, sagte Wilfried.

»Wo hab ich nur...«, murmelte der Chinese, öffnete eine Kommode und schloß sie wieder, zog eine Schublade auf, rüttelte an einer Schranktür, die klemmte. Schließlich hatte er alles, was er brauchte, und dirigierte Wilfried zu einer Sitzgruppe, die wahrhaftig scheußlich war. Es waren ein Ledersofa und zwei dazu passende Sessel, von den Ausmaßen eines alten und zweier junger Elefanten, auch rissig und zerknittert wie Elefantenhaut, aber, saß man erst einmal darin, daunenweich, als liege man in einer Wolke, und Wilfried ließ sich in einen der Sessel zurücksinken und fühlte sich so wohl, daß er am liebsten die Augen geschlossen hätte, um einzuschlafen.

Der Chinese eilte noch geschäftig hin und her, holte eine seiner unzähligen Lampen und stellte sie auf einen niedrigen Messingtisch, den er zwischen die Elefanten schob. Dann zündete er in einem der gußeisernen Öfen, der ihnen am nächsten war, ein Feuer an, und Wilfried bemerkte, daß von mindestens dreien der Öfen, die überall herumstanden, Ofenrohre nach oben zur Decke führten, wo ein gemeinsames Rohr sie aufnahm und den Rauch zu einem in die Mauer eingelassenen Kamin leitete.

»Irgendwie«, sagte er, »ist nichts hier, wie es sein sollte, und doch ist alles da.«

»Ja, Ja.« Der Chinese entkorkte die Flasche und schenkte ein. »Ich lebe gut hier, und es könnten noch einige mit mir leben. Ich hoffe, er schmeckt Ihnen, es ist ein einfacher Landwein, aber sehr bekömmlich. Ich vertrage nicht viel, wissen Sie.«

Wilfried betrachtete ihn, wie er sich in dem riesigen Sessel fast verlor, ein kahlköpfiges Kind, das mit beiden

Händen sein Glas umfaßt hielt und mit winzigen Schlucken trank, wie ein Kanarienvogel, der am Wasser nippt.

»Sie mögen also alte Sachen und sehen sie sich gerne an?« fragte der Chinese.

»Das auch.«

»Was noch?«

»Ich brauche das Fluidum, das von ihnen ausgeht, das Einmalige, das sie eben nur dadurch bekommen haben, daß sie immer und immer wieder betrachtet, befühlt und benutzt wurden, von Menschen, die es schon lange nicht mehr gibt.«

»Und wozu brauchen Sie das? Schreiben Sie?«

»Nein. Ich bin Märchenerzähler.«

»Oh«, sagte der Chinese. Seine Augen glänzten. Er stellte das Glas auf den Tisch, beugte sich vor und berührte Wilfried vorsichtig am Knie. »Erzählen Sie mir ein Märchen, bitte.«

Der gußeiserne Ofen hatte sich erwärmt und spuckte und hustete leise vor sich hin, ab und zu knackte es in einem der alten Schränke, Wilfried schenkte sich selbst nach und überlegte.

»Gut«, sagte er schließlich.

Er erzählte dem Chinesen das Märchen vom Gevatter Tod. Seine Stimme war ruhig und gleichmäßig und glich dem Regen, der draußen noch immer aufs Pflaster niederging. Manchmal bewegte er sich, drehte den

Kopf und sah zur Lampe oder zum Ofen hinüber, und dann folgte der Chinese jeder seiner Bewegungen, als ginge ihm etwas verloren, wenn er ihn auch nur eine Sekunde aus den Augen ließ.

Als Wilfried geendet hatte, seufzte der Chinese wie nach einer großen Anspannung. »Sie sind ein guter Märchenerzähler«, sagte er.

»Ich weiß.«

»Und Sie bekommen Geld dafür?«

»Ja.«

»Wenig? Oder viel?«

»Genug.«

»Könnte ich es mir leisten, Sie ab und zu eine Stunde hier zu haben?«

»Ich glaube schon«, sagte Wilfried. Er trank sein Glas leer, drehte es am Stiel und hielt es ins Licht. »Haben Sie auch Reliquien?« fragte er beiläufig.

Es schien, als habe der andere nichts gehört. Aber als Wilfried den Blick vom Glas wandte und den Chinesen ansah, bemerkte er den halb ängstlichen, halb überraschten Ausdruck und mußte lächeln. Der Chinese lächelte zaghaft zurück. »Ich bin versessen darauf«, sagte er. »Aber ich zeige sie niemandem und verkaufe sie auch nicht. Es ist etwas an ihnen, das mich fasziniert. Vielleicht würde ich gern glauben und beneide die, die es können. Vielleicht erwarte ich jedesmal, wenn ich wieder etwas erstanden habe, daß mich endlich dieser Schauer überläuft, der mir sagt: Gib dich auf, unterwirf dich, glaube. Aber ...« Er schwieg.

»Aber?« fragte Wilfried.

Der Chinese breitete die Arme aus. »Nichts«, sagte er.

Wilfried erhob sich.

»Müssen Sie wirklich schon gehen?« Auch er stand auf, als Wilfried nickte, und ging ihm voran, wartete, bis Wilfried den Mantel angezogen und zugeknöpft hatte, und brachte ihn durch den dunklen Laden bis zur Tür. Draußen brannte eine Laterne, deren Schein sich in seiner Glatze spiegelte, so wie der Schein der emaillierten Lampen sich in der Glatze des Wirtes im Dorf spiegelte, zu dem Wilfried den Chinesen gern mitgenommen hätte, wenn er sich dann nicht hätte offenbaren müssen.

»Kommen Sie wieder«, sagte der Chinese, »es ist merkwürdig, aber es ist so. Diese eine Stunde mit Ihnen war mehr, als ich seit Jahren hatte. Eine Stunde, herausgeschnitten aus der Ewigkeit.«

Einladung zum Fest

Es kamen kalte und stürmische Tage, die sich aneinanderreihten wie Perlen an einem jener Rosenkränze, die man den Toten in die Hände gibt. Schon früh am Nachmittag wurde es dunkel, und nur zu gern verließ Leo dann seinen verdrossenen Lehrer und schloß sich Rosine an, um in ihrer Küche mit Wilma zusammen den Abend zu verbringen. Rosine erzählte von früher, während sie am Herd saß und nähte oder stopfte oder auch Äpfel in eine Schüssel schnitt, denn irgend etwas mußte sie immer tun, sonst fühlte sie sich nicht wohl.

Leo war hier mehr zu Hause, als er es im Pfarrhaus war, das noch immer unter dem Regiment der Tante stand, die das lange Warten auf das Frühjahr immer verbitterter machte.

Was den Pfarrer anging, so belastete ihn Wilfrieds unerwartetes Geständnis so sehr, daß er nur noch wie ein Schatten umherschlich, hin- und hergerissen zwischen dem Wunsch, einen Mann, den er mochte, zu beschützen, und der Pflicht, ein Verbrechen zur Anzeige zu bringen. Keiner von ihnen hatte damals im

Wasserschloß gewagt, Wilfried weiter zu befragen, auch hatten sie sich seitdem nicht mehr getroffen, vergessen war das Reliquienspiel, zur Enttäuschung des Kindes, das einem Winter ohne Abwechslung entgegensah.

Warm war es in Rosines Küche und beinahe dunkel, weil nur die offene Herdklappe Licht gab. Leo saß auf dem alten Sofa, das weiter hinten an der Wand stand, und sah durch die Fenster in die Kälte und Finsternis hinaus, die sie hier nie erreichen würden. Die Hexe gehe noch mehr um als früher, sagte Rosine, und es sei an der Zeit, daß etwas geschehe. Dann dachte Leo an Wilfried, der Hilfe von ihm erwartete, noch mehr aber an Josef, der seit dem Abend im Wasserschloß wie ein Traumwandler zwischen ihnen umherging, weit weg und unerreichbar, als gäbe es keine Verbindung mehr zwischen ihm und anderen. Immer wieder nahm Wilfrieds Kind Leo zu Josef mit, der bei seinem Großvater ausgezogen war und sich das alte Pförtnerhaus am Wasserschloß eingerichtet hatte. Sie brachten ihm zu essen und frische Wäsche, und Wilma kochte, wusch und bügelte für Josef, weil er Leo und des Kindes Freund war und sonst niemand hatte. Wenn aber Manni abends kam, durfte nichts mehr von Josefs Sachen herumliegen, denn Manni haßte Josef.

Nie würde Leo begreifen, was Wilma an Manni anzog. Er fürchtete sich vor dem Krüppel, der die

Küche betrat, als wäre er hier der Herr im Haus. Sogar Rosine duckte sich vor ihm. Manni war boshaft und geschwätzig, klug auf eine kalte, tückische Art, und sogar Leo mußte widerwillig anerkennen, daß man sich in seiner Gesellschaft nicht langweilte. Manni setzte sich nie auf einen Stuhl oder zu Leo auf das Sofa. Aus der Kälte hereingeschlüpft, kauerte er sich auf den Boden, wo das rote Herdfeuer ihn erreichte, und berichtete mit weitausholenden Armbewegungen, was sich so den ganzen Tag im Dorf zugetragen hatte. Alles wußte er, keinen ließ er aus, machte jeden, von dem er redete, mehr zum Krüppel, als er es war, bog und knetete ihn mit Worten, bis er hundertmal häßlicher war als er. Und mit einem schlechten Geschmack auf der Zunge hörte Leo ihm zu, fasziniert und abgestoßen, wie auch die beiden Frauen es waren, die sich zwar immer erfreut zeigten, wenn Manni kam, aber doch erst wieder sie selbst waren, wenn er gegangen war.

Dann bewegten sich Rosines Hände flinker, wurden Wilmas Bewegungen wieder ungezwungen und leicht, war ein Schatten von ihnen genommen, ohne daß sie sich dessen vielleicht bewußt waren, aber Leo bemerkte es wohl.

An einem dieser Abende, nachdem Manni gerade gegangen war, betrachtete er Wilma, die aufgestanden war, um die Ziegelsteine, die sich am Rand der Herdplatte erwärmt hatten, in Tücher zu schlagen und in ihr und Rosines Bett zu tragen. Er beobachtete ihre Bewegungen, die weich und träge waren wie bei einem schlaftrunkenen Tier, und fragte:

»Gehst du auch auf das Fest?«

»Das Fest?« fragte Wilma. Sie war schon auf der Schwelle ins andere Zimmer hinüber und drehte nun den Kopf zu ihm zurück, verwundert, daß er überhaupt davon wußte, denn das Fest, von dem er sprach, ging auf einen alten heidnischen Brauch zurück und wurde regelmäßig vom Pfarrer von der Kanzel herunter verdammt.

»Ich denke, im Pfarrhaus ist davon nie die Rede«, sagte sie, zu ihrer Mutter gewandt.

Rosine zuckte die Achseln. »Im Pfarrhaus«, sagte sie, »ist von gar nichts mehr die Rede. Aber schließlich steckt Leo mehr mit Wilfrieds Kind zusammen als mit dem Pfarrer, und Wilfrieds Kind hat seine Ohren überall, und ich könnte wetten, daß es schon weiß, wer dieses Jahr Vogelfrau wird.«

»Ich jedenfalls nicht«, sagte Wilma bestimmt und trug die Ziegel über die Schwelle.

»Wenn du hingehst, kannst du es sehr wohl werden«, sagte Leo. »Du brauchst nur das Los zu ziehen.«

»Siehst du«, kicherte Rosine, »er weiß Bescheid. Sicher weiß er auch, was die Frauen und Mädchen alles tun, um das Los zu bekommen. Ihm macht keiner mehr was vor.«

»Ich weiß nur«, sagte Leo, »daß die Frau, die das richtige Los zieht, Vogelfrau wird. Und daß sie dann mit einem Mann tanzt. Und daß der Mann dann eine Nacht lang das tun muß, was sie will.«

»So ist es.« Wilma war aus der Schlafkammer zurückgekehrt und begann vor dem Feuer ihre Zöpfe aufzuflechten. »Vor zwei Jahren ließ die Trude aus der Mantelgasse den alten Samson, der ihr ihre Katzen vergiftet hat, die ganze Nacht Holz hacken.«

»Das ärgert den Pfarrer nicht«, sagte Rosine.

»Das Jahr davor mußte Robert der Schmied seine eigene Frau auf dem Rücken umhertragen, und sie hat ihn an den Haaren gezogen und getreten, daß er all die Knüffe, die er ihr im Lauf der Jahre versetzt hat, hundertfach zurückbekommen hat.«

»Das ärgert den Pfarrer nicht«, sagte Rosine.

»Letztes Jahr aber«, fuhr Wilma fort, »hat Sannwalds Tochter, die, die jetzt ein Kind hat, sich den Forstgehilfen geholt und ist mit ihm zwei Stunden weg – keiner wußte wohin.«

»Das ärgert den Pfarrer«, sagte Rosine.

»Geh hin, Wilma«, sagte Leo. Er stand auf, trat zu ihr und strich über das gelöste Haar, das sich weich und warm anfühlte. »Du wirst die Vogelfrau. Und dann tanzt du mit Josef.«

»Warum gerade ich?« fragte sie.

»Du bist so lebendig«, sagte Leo. »Es muß ihm jemand helfen. Sonst ist er verloren.«

Er holte seinen Mantel, der hinter der Tür hing und schlüpfte hinein. Je kälter es wurde, desto mehr wußte er es zu schätzen, daß der schwere Mantel ihn bis fast zu den Füßen einhüllte und wärmte. Er stellte den Kragen hoch und steckte die Hände in die Taschen.

»Bis morgen«, sagte er.

»Gute Nacht«, riefen die Frauen fast gleichzeitig. Wilma hielt ihm die Tür auf und schüttelte sich. »Beeil dich«, sagte sie, »manches kommt bei diesem Wetter ins Haus, was man lieber draußen hätte.«

Und er hörte, als er durch den Vorgarten ging, wie sie von innen den Riegel vorschob.

Im Pförtnerhaus

Leo ging noch nicht wieder ins Pfarrhaus zurück. In dem rauhen und von Nässe vollgesogenen Wind, der sein Gesicht massierte und die Bäume jenseits der Anhöhe, auf der das Dorf stand, ächzen und knarren ließ, ging er hinunter zum Fluß und dort den alten Treidelpfad entlang zum Wasserschloß, dessen Graben durch eine schmale Rinne mit dem Fluß verbunden war. Weil es so lange geregnet hatte, war der Graben nun fast voll, ein dunkler Bogen schwang sich die Brücke hinüber zum Schloß, das steil und finster in den Himmel ragte, nur im Pförtnerhäuschen brannte Licht.

Er ging über die Brücke und sah in die erleuchteten Fenster, die kein Vorhang und kein Laden verdeckte. Hatte Josef keine Angst? Das ganze Dorf, wo die Häuser dichtgedrängt beieinanderstanden, war verdunkelt und verrammelt, hier aber, in der Einsamkeit, bot einer sich an, als wünsche er, von wem auch immer, aufgesucht zu werden. Josef saß am Tisch, die Rotweinflasche neben sich. Den Kopf in die Hände gestützt, schien er zu lesen, was er geschrieben hatte.

Leo klopfte an die Tür und trat, als er sie nicht verschlossen fand, gleich ein. Josef hob schnell den Kopf, nickte ihm zu, als er ihn erkannte, und stand auf, um aus dem Bord, das über dem Spülstein hing, ein zweites Glas zu holen. Leo setzte sich und sah sich um. Das erstemal war er nicht bei Tag hier, und was das kleine Haus im Tageslicht hatte so erbärmlich wirken lassen, die Risse in der Wand und in dem gefliesten Boden, war nun im milden Lampenlicht fast ganz verschwunden, der grobe Holztisch, die Stühle, der alte eiserne Herd, in dem ein Feuer flackerte, wie er es gerade bei Wilma und Rosine verlassen hatte, reichten, den Raum behaglich zu machen. Vielleicht war es aber auch nur der Gegensatz zu der kalten Nacht draußen.

Josef gab ihm das Glas, zur Hälfte gefüllt mit Rotwein, und sagte, als habe er seine Gedanken erraten: »Ein Tisch mit einer Flasche Wein darauf, ein Stuhl und irgendwo ein Bett, und ich bin überall zu Hause... oder nirgends, wie man will.«

Leo trank von dem Rotwein, der ihn wärmte, und betrachtete voller Sorge Josefs Gesicht, denn was dem gelben Petroleumlicht mit den Rissen in der Mauer gelungen war, gelang ihm nicht mit den zwei tiefen Falten, die ein unsichtbarer Finger von Josefs Nasenflügeln zu den Mundwinkeln gezogen hatte.

»In drei Tagen ist das Fest«, sagte er.

»Ja und?« fragte Josef. »Was soll ich dort?« Aber

dann wischte er sich mit einer müden Bewegung über die Stirn, als wolle er die trüben Gedanken vertreiben, und nickte Leo zu. »Warum eigentlich nicht«, meinte er, »ich brauche Wärme, nach diesen Tagen.«

»Suchst du sie immer noch?« fragte Leo leise.

»Ja«, erwiderte Josef, »überall.«

Seit er das Haus seines Großvaters verlassen hatte und hier eingezogen war, war kein Tag vergangen, an dem er nicht umhergestreift war, um Anna, oder besser Annas Geist, zu suchen. Wie ein Schlafwandler lief er über die abgeernteten Felder, klopfte an fremde Türen und saß an fremden Tischen, als könne Anna irgendwo ein Zeichen hinterlassen haben, eine Nachricht, die nur er verstehen konnte. Noch nie waren ihm tote Dinge so beredt vorgekommen wie in dieser Zeit. Das Knarren einer Tür, das Rascheln des Laubes im Wald, wenn er es mit den Füßen aufwirbelte, der Schrei eines Vogels weit oben, alles war ihm wie Geflüster, nicht zu enträtselnde Botschaften, heimliche Zurufe aus einer anderen Welt. Noch zögerte er, den letzten Schritt zu tun, vielleicht war Anna doch nicht tot, hielt sich versteckt, wartete, bis er sie gefunden hatte.

Kam er abends in das kleine Haus zurück, müde, mit verdreckten Schuhen, setzte er sich, gleich nachdem er Feuer gemacht und etwas gegessen hatte, mit einer Flasche Wein an den Tisch und schrieb wie im Fieber, was ihm einfiel, und immer war Anna in diesen Gedichten, auch wenn sie nichts anderes beschrieben als die Dörfer, durch die er gekommen war, den Fluß, die Wälder, den Wind. Vielleicht war Anna das alles, der Baum, den er umarmte, bis sich die Spuren der rissigen Rinde auf seiner Wange abzeichneten, oder die Erde, auf die er sich manchmal warf wie ein müdes Tier, um diesen Geruch in sich aufzunehmen, der so schwer und moderig war, als käme er aus einem Grab.

»Heb das auf«, sagte er und gab Leo ein paar beschriebene Blätter, »oder bring es dem Pfarrer.«

Leo nahm sie, strich sie glatt und steckte sie in eine Tasche seines Mantels, den er anbehalten hatte.

»Ich gehe wieder, Josef«, sagte er. Im Stehen trank er das Glas aus und fuhr sich mit dem Ärmel über den Mund. »Und zu dem Fest hole ich dich ab, hörst du?«

Aber Josef hörte ihn nicht mehr. Als Leo sich unter der Tür noch einmal nach ihm umsah, fand er ihn mit weit offenen Augen am Tisch sitzend, den Mund leicht geöffnet und eine Hand hinter dem Ohr, auf den Klang einer Stimme wartend, die nicht die seine war. Leo schloß die Tür und ging hinaus in die Nacht.

Die Vogelfrau

Es war für das Kind ein leichtes, die Sache mit der Vogelfrau zu deichseln. Es gab zwei Kartons, einen mit den schwarzen Bändern, mit denen die Gewinnerin in die Vogelfrau verwandelt wurde, und einen mit vielen zusammengerollten Papierfetzen, von denen einer ein schwarzes Kreuz trug. Und da das Kind sich erboten hatte, den Frauen die Lose anzubieten, lag es, und das ganz wörtlich, in seiner Hand, wer gewinnen würde, denn es versteckte den gezeichneten Papierfetzen in der geballten Faust, mit der es den Karton von unten hielt.

Es war der einzige Abend im Jahr, an dem die Frauen in die Kneipe eingelassen wurden, und so kamen sie nun, nie allein, sondern mindestens zu zweien oder gleich grüppchenweise durch die Tür, die bei jedem Öffnen den kalten Wind von den Feldern mit hereinließ, und drückten sich die Wände entlang, wo einfache Holzbänke aufgestellt waren.

Die Männer waren alle schon da, und es war seltsam zu sehen, wie scheu die Frauen waren, die doch sonst, zu Hause und auch anderswo, mit ihren Männern nicht gerade sanft umsprangen. Aber dies hier war ein Terrain, das ihnen sonst verboten war, und während sie nun wie auf Telegrafenleitungen aufgereihte Vögel auf ihren Bänken saßen, betrachteten sie die Männer, die rauchten und tranken, und überlegten, wen sie sich aussuchen würden, falls sie gewannen.

Noch war eine jede froh, an ihrer Schulter die Schulter der Nachbarin zu spüren, aber als der Wirt in seiner langen weißen Schürze hinter der Theke hervorkam, das Tablett gefüllt mit Wassergläsern voll Schnaps, ging ein wohliges Seufzen und Aufatmen durch ihre Reihen, ihre Augen begannen zu glänzen, und es war sicher, daß sich an diesem Abend nicht nur die Vogelfrau den Mann holen würde, den sie wollte. Das war auch der Grund, warum der Pfarrer dieses Fest verdammte, das er heidnisch nannte und das dazu noch an einem Tag stattfand, der der inneren Einkehr dienen sollte. Er hielt an diesem Abend eine Andacht in der Kirche, zu der fast niemand kam. Laut betete er gegen die Kälte und Verlassenheit in der großen leeren Kirche an, in der ihm kaum einer antwortete, und manchmal kam es ihm so vor, als lachten die Heiligen an den Säulen ihn im flackernden Kerzenlicht aus.

Wilma saß neben Rosine und fühlte ihr Herz klopfen. Nicht weit von ihr an einer Säule lehnte Josef, so abwesend, daß er nicht einmal seinen Großvater bemerkte, der sich ein paar Meter weiter in grimmigem Ton mit Wilfried unterhielt. Wilfried hörte ihm zu und ließ dabei Josef nicht aus den Augen. Das Kind und Leo hatten ihm von Josefs Suche nach Anna erzählt, ihn mit Wilma zusammenzubringen war seine Idee gewesen, mehr konnte er nicht tun, ihn vor Anna zu schützen. Es gab gute und böse Geister, und Anna gehörte zu den bösen, so wie des Kindes unsichtbare Begleiter, die ihre Anwesenheit nur durch ihren Gesang verrieten, zu den guten gehörten. Sie waren dem Kind auch erst ins Haus gefolgt, als Anna nicht mehr da war, aber dann hatten sie davon Besitz ergriffen, als müßten sie alle Spuren von ihr verwischen, und durchtränkten mit ihren Klängen Mauern und Wände. Er strich dem Kind, das sich mit seinem Karton an ihm vorbeidrückte, über die Haare. Annas und sein Kind, aber ihrer Macht entzogen. Er fuhr zusammen, als der Junker ihn ärgerlich am Arm riß. »Da sehen Sie, alle Männer warten nur darauf, und er merkt es nicht einmal.«

Wilma, der das Kind das Zettelchen mit dem Kreuz in die Hand geschoben hatte, stand vor Josef und bat ihn um einen Tanz. Die schwarzen Bänder, mit denen die anderen Frauen sie umwickelt hatten, hingen von ihren Armen, als sie sie hochhob, um Josef an den Schultern zu fassen.

Musik setzte ein, und es traten jetzt auch die Geiger aus dem Hintergrund des gewölbeartigen Raumes hervor, es waren drei, zwei junge mit schwarzen Haaren und roten Tüchern um den Hals, die fiedelten, und ein Alter, der sich zu den gezupften und zirpenden Tönen, die er seiner Geige mit den Fingern entlockte, wie ein Kreisel um die beiden anderen drehte. Josef legte seine Arme um Wilma und verschloß die Hände hinter ihrem Rücken. Wie die anderen drehten sie sich, laut kreischten die Frauen, die von den Männern hochgehoben und durch die Luft gewirbelt wurden, Staub, vom Boden aufgestampft, vermischte sich mit dem Rauch in der Luft, die Kinder brachten sich in Sicherheit, und der Wirt, der sich hinter seiner Theke verschanzt hatte, goß eifrig ein, denn die Tänzer, das wußte er, hatten den größten Durst. Inzwischen machte er die Gläser nur noch halbvoll und stellte Flaschen mit frischem Wasser daneben, so daß jeder sich seinen Schnaps nach Belieben verdünnen konnte.

Josef und Wilma tanzten miteinander, als gehörten sie schon lange zusammen. Sie waren fast gleich groß, und sie erinnerte Josef an die Mädchen, die er früher immer mitgenommen hatte und die sich in der Scheune seines Großvaters so weich und zärtlich an ihn geschmiegt hatten, wie Wilma es jetzt tat. Wie weit lag das zurück, wie wenig hatte es ihm damals bedeutet und wieviel gab es ihm jetzt. Er kannte Wilma, seit sie ein Kind war, er wußte von Leo, daß sie, seit er im Pförtnerhäuschen lebte, für ihn kochte und seine

Wäsche wusch, und er hätte sie wohl noch vor ein paar Wochen gedankenlos mitgenommen wie die anderen, wenn es sich ergeben hätte, und sie dann wieder vergessen. Aber dies hier war anders. Dieses Mädchen, das, in schwarze Bänder gewickelt, sich aus der schemenhafte Menge der anderen gelöst hatte, um ihn in den Arm zu nehmen, erschien ihm nun fast wie ein Zwischenwesen, so wie Anna, jemand, der ihn zurückholen oder ganz in die Nacht stoßen würde.

Im Morgengrauen gingen sie miteinander weg. Die Tür hatte schon eine ganze Weile offengestanden, damit der Rauch und die warme Luft abziehen konnten, und gelber Nebel war über die Felder gekrochen, als sie hinaustraten. Hinter ihnen schlief und schnarchte auf oder unter den Bänken, wer den Weg nach Hause nicht mehr hatte finden wollen oder können. Nüchtern war außer ihnen nur einer, Manni, der sie den ganzen Abend beobachtet hatte, und von Stunde zu Stunde krummer und giftiger zu werden schien, als zehre sein eigener Haß ihn auf. Er war jetzt auch der einzige, der sie zusammen weggehen sah. Er stand unter der Tür, als sie im Nebel verschwanden, Wilmas Tuch in den Händen, das er ihr einmal geschenkt hatte und das sie achtlos hatte liegenlassen. Als er nichts mehr von den beiden sah, nahm er das Tuch hoch, zerbiß es mit seinen starken Zähnen und riß es schließlich mit den Händen, die für seinen geschrumpften Körper viel zu groß waren, in winzige Stücke.

Wenn Tote noch einmal zurückdürften, dachte Wilma, und wüßten, es ist das letztemal, dann liebten sie so. Ein Wahnsinniger ist er. Sie richtete sich im Bett auf und stieß einen Schrei aus.

»Was ist?« fragte Josef.

»Da«, sagte sie, »der Hund.« Ihr zitternder Finger wies in die Ecke neben dem Schrank, von wo der große Hund mit den gelbglitzernden Augen sie beobachtete.

»Er hat uns zugesehen«, flüsterte sie, »die ganze Zeit.«

Auch ihm graute. Er legte ihr eine Decke um die Schultern und wärmte sie. »Geh, Hund«, sagte er, »ich komme.« Und als habe der Hund verstanden, stand er auf, streckte sich und sprang dann, langgezogen wie ein grauer Schatten, durch das offene Fenster.

»Ich hab nichts gehört«, sagte Wilma.

»Was?« fragte er und wußte doch schon, was sie meinte. Keinen Ton hatte das Aufschlagen der Pfoten ergeben, als läge draußen tiefer Schnee.

Er erhob sich und trat ans Fenster. Es war inzwischen so hell geworden, daß das Licht sich in den zum Teil zerbrochenen Scheiben des Wasserschlosses spiegelte. Irgendwo ganz oben glaubte er schemenhaft ein weißes Gesicht zu erkennen. In rasender Eile schlüpfte er in seine Kleider.

»Wo willst du hin?« fragte Wilma. Als er nicht antwortete, nur seine Jacke vom Haken riß, begann sie zu weinen. Er lief an der Mauer des Schlosses entlang bis zu einer Pforte, die offenstand, Sand knirschte unter seinen Füßen, als er die Treppen hochrannte, Stockwerk für Stockwerk, bis er im obersten Saal war. Hier hielt er keuchend still.

»Anna«, rief er.

»Anna«, äffte eine Stimme ihn nach, und hinter einem halb zerrissenen Vorhang kam Manni hervor und stürzte sich auf ihn. Er umklammerte seine Beine, zog sich hoch, verschlang die Füße hinter Josefs Rükken und legte ihm beide Hände um den Hals.

»Hast wohl mit einer nicht genug«, hörte Josef durch das Rauschen seines Blutes, das ihm im Kopf dröhnte. »Anna, Wilma, wer denn noch?« Und obwohl er jetzt noch die Kraft gehabt hätte, den Krüppel abzuwehren, ließ Josef die schon erhobenen Arme sinken. Vielleicht war dies wirklich der einzige Weg, der ihn Anna finden ließ. Mit einem dumpfen Schlag fielen beide zu Boden, Manni obenauf, das Ohr auf Josefs Brust gedrückt, und erst, als auch nicht mehr das geringste Geräusch zu hören war, ließ er von ihm ab.

In einer Ecke stand eine Truhe, dorthin schleppte er den schweren Körper, schob und zerrte so lange, bis er ihn darin hatte. Dann schloß er den Deckel, häufte Gerümpel darauf, schlug ein Kreuz, spuckte auf den unförmigen Hügel und bemerkte erst jetzt Wilfrieds verschwundene Frau, die daneben stand und ihm mit einem seltsamen Lächeln zusah.

Anna

Wilma saß in dem kleinen Haus auf Josefs Bett und rührte sich nicht. Es war kalt, von dem offenen Fenster her kam eisige Luft, die sie frösteln ließ. Als sie Schritte hörte, zuckte sie zusammen und richtete ihren Blick auf die Tür. Aber es war nicht Josef, der da kam, sondern der kleine verkrümmte Manni, dessen Gesicht so gelblich und verzerrt war, daß es noch häßlicher aussah als sonst.

»Du bist schuld«, sagte er noch unter der Tür, »du ganz allein. Sie wird es verraten, aber ins Gefängnis kommst du.« Er trat ans Bett und begann mit beiden Fäusten auf Wilma einzuschlagen, als sie aber gar nicht reagierte, rutschte er vor ihr auf die Knie und legte seinen Kopf auf die Decke, die Josef ihr gegeben hatte und die sie immer noch krampfhaft an sich hielt.

»Er ist tot«, sagte er, obwohl sie nichts fragte, »ich hab ihn erwürgt, und auf einmal war Wilfrieds Frau da und sah zu. Sie hat alles gesehen, hörst du.«

Sie schob ihn geistesabwesend von sich fort und stand auf. Die Decke rutschte von ihren Schultern, vom Bettende nahm sie ihre Kleider und zog sich langsam wie eine Träumende an. Manni sah ihr mit zitternder Unterlippe zu.

»Was tust du«, fragte er, »wohin gehst du?«

Sie antwortete nicht, streifte ihn nicht einmal mit einem Blick. Als sie als letztes die schwarzen Bänder der Vogelfrau aufnahm, betrachtete sie sie einen Augenblick mit gerunzelter Stirn, als versuche sie sich zu erinnern, und warf sie dann gleichgültig wieder zurück. Sie schloß sorgfältig die Türen hinter sich, erst die zur Kammer, in der sie Manni zurückließ, und dann die Außentür, die klemmte, sich unter ihrem energischen Zugriff dann aber doch ins Schloß ziehen ließ. Rauhreif lag über den Bäumen und Sträuchern längs des Weges, der sich dicht am Ufer entlangschlängelte, denn hier hatten früher Pferde die Schiffe flußauf gezogen. Weißer Dampf drehte sich über dem Wasser der kalten Sonne entgegen, und Wilma ging schneller, ohne Gedanken, aufgezogen wie ein Automat, der stehenbleiben und umfallen mußte, wenn die Feder abgelaufen war.

Sie erreichte das Pfarrhaus, bleich und mit zerzausten Haaren, nur, um von Leos hochmütiger Tante zu erfahren, daß der Pfarrer die Frühmesse halte. Es kam auf nichts mehr an. Sie wandte sich grußlos ab und ging zur Kirche hinüber, trat ein und gesellte sich zu den wenigen, die sich ganz vorn, als könnte der gelbe

Kerzenschein sie erwärmen, in einer Bank zusammendrängten. Es waren nur alte Frauen, Rosine war nicht dabei, und so richtete sie den Blick auf den Altar, an dem der kleine Priester still und wie von Glanz übergossen vor sich hin hantierte, denn jetzt hatte die Sonne das linke Seitenfenster erreicht und schickte von dort einen durch das bunte Glas gefilterten Strahl auf die Stelle, wo er sich befand. Das war schon immer so gewesen, und manche behaupteten, daß die Mönche damals Altar und Fenster bewußt so eingerichtet hatten, daß zu genau berechenbaren Zeiten der Priester in einer Gloriole von Licht stand.

Wie auch immer, Wilma erging es wie schon vielen vor ihr, sie wurde von diesem Anblick getröstet und beruhigt, und wenn Kirche nur das war, Kerzen und Weihrauch, Gesang und Ruhe, so war es für sie, die gar nicht mehr forderte, genug, ihre Starre zu lösen und sie in eine Art Ergebung umzuwandeln, so daß sie jetzt Josefs Tod wie eine Strafe annahm. Und wie hätte das auch weitergehen sollen? Sie wäre nie stark genug gewesen, ihn zu halten, aber schwach genug, mitgerissen zu werden, wohin auch immer es Josef trieb.

Nach dem *Ite missa est* blieb sie noch eine Weile knien, wartete, bis die Frauen die Kirche verlassen hatten, und ging dann zur Sakristei, um dort mit dem Pfarrer zu sprechen. Sie fand ihn allein, er trug noch das weiße Untergewand, das im Rücken gebunden war, und als er sie sah, bat er, es ihm aufzubinden, weil die beiden kleinen Teufel, und damit meinte er wohl die ausgefrorenen Ministranten, ihn nicht schnell genug hatten verlassen können. Sie tat ihm den Gefallen, und so, seinen mageren Rücken vor Augen und nicht seinem prüfenden Blick ausgesetzt, brachte sie ihm schnell bei, daß sie das Fest mit Josef verlassen habe, um bei ihm und mit ihm zu schlafen. Der Pfarrer seufzte nur leicht. Wenn sie kein Kind bekam...

»Wenn du kein Kind...«, fing er an.

Daran hatte sie überhaupt nicht gedacht. Sie nestelte an den weißen Bändern, länger, als es nötig gewesen wäre, und sann darüber nach und hörte nicht mehr, was der Pfarrer sagte, bis er vom Heiraten sprach. Da zog sie so heftig an dem Band, daß er sich herumdrehte und sie ihm in die Augen sehen mußte.

»Josef ist tot«, sagte sie, »Manni hat ihn umgebracht. Und jetzt liegt er irgendwo im Schloß, und Manni ist in dem kleinen Haus. Und Anna war auch da.«

Der Pfarrer faßte sich an den Kopf. »Ist das auch alles wahr, Wilma? Vielleicht ist Josef gar nichts passiert. Manni ist soviel schwächer. Und Anna... hast du sie gesehen?«

»Nein«, sagte Wilma. Sie ging jetzt die Wände entlang, wo die Votivbilder hingen aus der Zeit, als noch von überallher Menschen gekommen waren, um sich helfen zu lassen. Sie betrachtete das Bild eines

Mannes, der vor dem Lebendigbegrabenwerden bewahrt worden war. Der Maler hatte ihn bis zur Hüfte in die Erde versunken dargestellt, mit weit ausgebreiteten, zum Himmel gerichteten Armen. Sie kratzte mit dem Nagel ihres Zeigefingers an der dick aufgetragenen Farbe und wandte sich dann ab. »Ich bin müde«, sagte sie. »Ich wollte ihm helfen, mehr weiß ich nicht mehr.«

»Gut, geh nach Hause«, sagte er sanft. »Leg dich ins Bett und versuch zu schlafen. Ich werde mich um alles kümmern.«

Er zog seinen Mantel über und verließ mit ihr die Kirche. Ein kleines Stück gingen sie noch zusammen durch das Dorf, das zu erwachen begann. Rauch stieg aus den Schornsteinen und wurde weiß in der kalten Luft. Es roch nach frischgebackenem Brot, irgendwo weinte ein Kind. Vor dem Tor trennten sie sich, und er wanderte über die bereiften Felder auf das Gutshaus zu.

Heruntergekommen und verwahrlost sah das Gutshaus in der unbarmherzigen Wintersonne aus. Gefrorenes Stroh lag im Hof, das unter den Füßen des Pfarrers knirschte. Ein paar verschreckte Hühner liefen gackernd davon, als er ihnen zu nahe kam. Die Haushälterin, einen Korb mit Körnern unter dem Arm, erschien in der Stalltür, verharrte einen Moment, in die Sonne blinzelnd, die hinter seinem Rücken stand, kam ihm aber dann, als sie ihn erkannt hatte, eifrig humpelnd entgegen. Wie es noch vor wenigen Jahren bei den meisten hier Gewohnheit gewesen war, ergriff sie seine Hand, deutete einen Knicks an und küßte sie. Er gab ihr den Segen. Sie richtete sich ächzend wieder auf.

»Er ist in der Küche«, sagte sie.

Er nickte und stieg die ausgetretenen Sandsteinstufen hoch, betrat den langen Flur, an dessen unterem Ende die Küche lag, und erschrak vor dem Hall seiner eigenen Schritte. An wie vielen Särgen hatte er schon gestanden, hatte getröstet, soweit er es vermochte, aber das hier war etwas anderes. Josef war anders gewesen, und sein Tod... Er öffnete die Küchentür.

Der Junker saß in einem Morgenmantel am Tisch, beide Hände um eine bauchige Tasse gelegt, den Blick geradeaus gerichtet, als schlafe er mit offenen Augen. Zu seinen Füßen lag ein großer Hund, der einen Moment, als er den Kopf hob, Annas Hund ähnlich sah, aber dann, als er sich leise knurrend abwandte, wieder zu des Junkers altem Jagdhund wurde, abgewetzt und so müde geworden, daß es nicht einmal mehr zum Bellen reichte. Der Pfarrer zog seinen Mantel aus und legte ihn wortlos über einen Stuhl. Aus der Anrichte holte er sich eine Tasse und vom Herd die Kanne mit Kaffee, der schon mit Milch versetzt war. Er goß sich ein und setzte sich an den Tisch, trank in kleinen Schlucken und gab zwischendurch seltsam unterdrückte Geräusche von sich, so daß man beinahe denken konnte, er versuche ein Weinen zu unterdrücken.

»Was ist?« fragte der Junker.

»Wilma sagt, Josef ist tot«, sagte der Pfarrer. »Umgebracht von Manni.«

»Nein«, sagte der Junker, »doch nicht... nicht von diesem Zwerg.«

»Sie sagt es. Ich weiß nicht wie und nicht warum. Er liegt im Wasserschloß. Wir werden Wilfried suchen und zusammen hingehen.«

»Warum Wilfried?«

»Anna soll auch dort sein.«

»Tot«, fragte er sarkastisch, »oder nicht tot?«

Der Pfarrer ließ die Tasse sinken und sah ihn an. »Auch das weiß ich nicht«, sagte er. »Vielleicht beides.«

Der Junker ließ die Fäuste auf den Tisch krachen und fuhr sich dann mit den Fingern durch die Haare, daß sie noch mehr in die Höhe standen. »Seid ihr denn alle verrückt geworden«, schrie er. »Erst Josef, dann das halbe Dorf, jetzt auch noch du. Wart hier, ich zieh mich an.«

Er stand auf und ging in den Flur. Der Pfarrer hörte ihn die Treppe hochpoltern und oben mit Getöse eine Tür zuwerfen. Er kam wieder in Reithosen und Stiefeln, die Peitsche in der Hand. »Wir nehmen die Pferde«, sagte er.

»Nein.«

»Doch. Und wenn ich dich darauf festbinden muß.«

Er ging ihm voran in den Stall und machte sich daran, die beiden Pferde zu satteln, die in der Vorfreude auf einen morgendlichen Ausritt zu tänzeln begannen.

»Nur ruhig, altes Mädchen«, sagte der Junker, seine Stirn gegen den Hals eines der Tiere gelehnt, »das wird keine lustige Sache.«

Er hievte den Pfarrer in den Sattel und bestieg das zweite Pferd. Sie hatten in der Eile des Pfarrers Mantel in der Küche vergessen, und so hockte er verfroren mit hochgerutschter Soutane auf dem Pferd, verzweifelt bemüht, sich irgendwo festzuhalten, damit er nicht auf dem hart gefrorenen Boden landete. Der Junker nahm keine Rücksicht, trieb die Tiere an und schnaufte erleichtert, als Wilfrieds Haus in der Senke auftauchte und der aus dem Schornstein steigende Rauch verriet, daß er da war. Ohne abzusteigen verhielt er vor dem Haus und rief nach Wilfried.

Das Kind kam zuerst, barfuß, in einem langen Hemd, und brachte mit sich den Gesang der Mönche und einen Schwall Wärme. Aber gleich nach ihm trat Wilfried aus der Tür und schob es, indem er ihm beide Hände auf die Schultern legte, wieder zurück. Er fragte nicht lange, blickte in des Junkers finster entschlossenes und des Pfarrers unglückliches Gesicht und schwang sich hinter dem Pfarrer aufs Pferd. Er umfaßte mit beiden Armen die schmale Gestalt, packte die Zügel und befahl dem Pferd mit dem Druck seiner Schenkel und einem leisen Schnalzen zu wenden.

Manni saß immer noch, zusammengekrümmt und die Decke über dem Kopf, neben Josefs Bett. Der Junker war mit einem Satz bei ihm, zog die Decke weg und riß ihn an den Haaren, daß er ihm in die Augen sehen mußte.

»Was war?« fragte er.

»Ich bin ihnen nach«, erklärte Manni, »heute nacht. Erst war ich hier vor ihrem Fenster, dann bin ich ins Schloß.«

»Warum?«

»Um zu warten, bis sie weggeht. Damit ich mit ihm reden konnte.«

»Reden?«

Darauf ging Manni nicht ein. »Er ist dann plötzlich aus dem Haus gekommen, die Treppen hochgerannt und hat Anna gerufen.«

»Und dann?«

»Bin ich auf ihn los. Er hat sich nicht gewehrt. Hat sich überhaupt nicht gewehrt.« Manni begann zu zittern und blickte auf seine Hände. »Als er tot war, habe ich ihn zu der Truhe geschleppt, die da stand, und habe ihn hineingelegt. Und als ich damit fertig war, stand sie auf einmal daneben.«

»Anna«, sagte Wilfried.

»Anna«, bestätigte Manni. Er wand sich unter des Junkers zupackender Hand und versuchte aufzustehen.

Angewidert ließ der Alte ihn los. »Verschwinde«, sagte er. »Und sag zu keinem ein Wort. Mein Enkel ist nicht von so einem ...« Er wandte sich an den Pfarrer, der sich im Hintergrund gehalten hatte:

»Du sprichst mit Wilma.«

»Und Josef?« sagte der Pfarrer leise.

»Ach hör schon auf. Wenn er tot ist, ist er tot. Laßt ihn vom Pferd gestürzt sein, oder meinetwegen ertrunken. Nur nicht ... von dieser Ratte erwürgt.«

Er ging ihnen voran über die Brücke ins Schloß, durchquerte Raum um Raum, stieg die Treppe hoch und begann die Suche von neuem, bis er ganz oben die Truhe fand. Wilfried hob den Deckel. »Sie ist leer«, sagte er.

»Aber es war doch sonst keine da, im ganzen Haus nicht. Er muß da drin sein«, flüsterte der Junker. Seine Kraft hatte ihn verlassen, er hockte mit vorgebeugten Schultern auf einem der staubigen Stühle, die im Saal herumstanden, die Unterarme hatte er auf seine Schenkel gelegt, die Hände baumelten zwischen den Knien. »Oder sie haben gelogen«, fuhr er fort, »Wilma und dieser Zwerg, einfach gelogen ... oder alles nur geträumt.«

»Geträumt wohl nicht«, sagte Wilfried, er beugte sich

vor und holte einen Schuh aus der Truhe, es war einer von Josefs abgetragenen Stiefeln, die sie kannten, denn sie hatten ihn nie mit anderen Schuhen gesehen. Der Junker blickte hin und gleich wieder weg.

»Anna«, sagte Wilfried, »immer wieder Anna.« Er warf den Schuh zurück und knallte den Deckel der Truhe zu.

»Hör zu, Wilfried«, sagte der Pfarrer, »auch ich glaube an Geister, genau wie du. Aber das hier ist Menschenwerk. Wenn Anna ihn weggeschleppt hat, mit wessen Hilfe auch immer, muß sie am Leben sein.«

»Warum sollte sie nicht am Leben sein?« fragte der Junker.

»Weil ich sie ins Wasser gestoßen habe. Wir gingen am Fluß entlang und sprachen miteinander, und ich stieß sie ins Wasser.«

»Einfach so?«

»Einfach so«, sagte Wilfried. Er sah erst den Pfarrer und dann den Junker an. »Was sollte ich auch tun? Sie quälte mich, ich war ihr nie genug. Josef wäre ihr nicht genug gewesen, niemand. Sie war so leise, fast unsichtbar, man sah sie an und vergaß sie wieder. Aber wenn sie es wollte, legte sie ihren Zauber über einen, und man war verloren.«

»Liebst du sie immer noch?« fragte der Pfarrer.

»Ich weiß es nicht. Hätte ich sie ins Wasser gestoßen, wenn sie mir gleichgültig gewesen wäre? Aber Liebe, was ist Liebe? Ich liebe das Kind, und der Chinese liebt meine Märchen, Leo liebt den Zustand, in dem er unerreichbar und deshalb unverletzbar ist, und Berta und Rudolf lieben das Geld und die Macht, die es ihnen gibt. Der Junker liebt das Bild von einem Enkel, den er nie hatte, und du, Pfarrer, liebst deine stillen Stunden in der Kirche.«

»Mag sein«, sagte der Pfarrer, »aber ich glaube, daß sie noch lebt. Hast du sie untergehen sehen?«

»Nein. Ich rannte die Böschung hoch, so weit ich nur konnte, und verkroch mich im Wald unter einem Busch. Den ganzen Tag hoffte ich, sie am Abend, wenn ich das Haus betrat, dort vorzufinden. Still, lächelnd, mit ihrem Blick, der sich nie von meinem Blick festhalten ließ. Aber sie war nicht da und kam nicht mehr, und auch ihr Hund blieb weg.«

»Wo hast du sie hineingestoßen?« fragte der Pfarrer.

»Oberhalb von Charons Fähre.«

»Und sie konnte nicht schwimmen?«

»Ich habe sie nie schwimmen sehen.«

»Die Strömung ist so reißend«, sagte der Junker, »daß sie jeden eine Weile trägt. Und Charon ist ein großer, starker Mann. Er kann jemanden aus dem Fluß ziehen, aber auch jemanden aus einer Truhe heben und woandershin tragen.«

Bei Charon

Charons Haus lag direkt am Fluß, auf der Seite, wo sich auch das Dorf befand, so daß sie sich anschleichen konnten, ohne daß er sie bemerkte. Die Pferde hatten sie weiter oben, wo der Fluß eine Biegung machte, an einen Baum gebunden, und so pirschten sie sich nun in alter Indianermanier von Busch zu Busch an das einzige Fenster heran, das das Haus auf der ihnen zugewandten Seite besaß. Es lag eigentlich kein bestimmter Grund vor, warum sie sich so verhielten, Charon war ihr Freund und würde ihnen schon nicht davonlaufen, aber der Junker hatte voll Eigensinn auf dieser Art der Annäherung bestanden, und so machten der Pfarrer und Wilfried eben mit. Das Idiotischste, so fand Wilfried, war, daß die Büsche, so kahl wie sie noch waren, sie nicht im geringsten deckten, und er gab sich auch keine große Mühe, duckte sich nur ab und zu ein bißchen und konnte sich manchmal das Lachen nicht verkneifen, wenn er den kleinen verfrorenen Pfarrer über den Boden hoppeln oder den weißhaarigen Junker auf allen vieren hinter einem Zaunpfosten kauern sah, der gerade breit genug war, die Knöpfe an seiner Jacke zu verstecken. Er konnte nur hoffen, daß Charon nichts merkte, sonst mußte er annehmen, daß sie alle verrückt geworden waren.

Aber als sie das Fenster erreicht hatten und seitlich hineinspähten, sahen sie Charon in aller Ruhe am Herd sitzen und Netze flicken, er war allein, pfiff vor sich hin und bewegte ab und zu den Fuß im Takt.

Sie gingen zur Haustür, und Wilfried klopfte. Charon öffnete und lächelte sie unschuldig an.

»Nach wieviel Seiten trägst du noch Wasser?« fragte Wilfried. »Wo ist Anna?«

«Und wo Josef?« fragte der Junker.

»Und wo«, jammerte der Pfarrer, der sich an ihm vorbeigezwängt hatte und schon drinnen war, »hast du den Kaffee stehen?«

»In der Backröhre«, sagte Charon über die Schulter und gab den beiden anderen den Weg frei, damit er die Tür wieder schließen konnte, bevor noch mehr von der kostbaren Wärme nach draußen drang.

Sie setzten sich an den groben Holztisch, ließen sich mit Schnaps, Brot und Speck bewirten, kauten schweigend und voller Genuß, immer Charons halbes Lächeln vor Augen, das ihnen sagte, daß er schon manches zu beichten habe, daß aber doch auch alles irgendwie gut war.

»Sie leben also beide?« fragte Wilfried schließlich. Sein Mund glänzte vom Speck, und er fuhr sich mit dem Ärmel seiner rauhen Jacke darüber.

»Beide«, sagte Charon.

»Das ist wie Ostern«, gluckste der Pfarrer, der es nicht gewohnt war, schon am Morgen Schnaps zu trinken, »doppelte Ostern.«

»Auferstehung meinst du?«

»Ja, ja.«

»Und wo sind sie jetzt?« fragte der Junker.

»Das ist eine lange Geschichte«, sagte Charon. Er lehnte sich in seinen Stuhl zurück und blickte Wilfried an. »Beginnen wir bei dir. Du wirfst Anna ins Wasser wie eine junge Katze, die noch nicht schwimmen kann. Aber sie hat Glück, sie bleibt halbtot an der Fähre hängen und wird von mir herausgezogen.«

»Da sie eine Hexe ist«, sagte Wilfried, »konnte sie nicht untergehen.«

»Ich weiß nicht, ob sie eine Hexe ist.« Charon wischte ein paar Brotkrümel vom Tisch und sah nachdenklich auf seine Hand, »aber einmal, als ich ihr den Tee brachte und ihr über die Haare streicheln wollte, biß sie mich in die Hand, daß es blutete. Hier ist die Narbe.«

Voll Hochachtung betrachteten sie die Spuren von Annas Zähnen.

»Wie von einem Frettchen«, meinte der Pfarrer.

»So ähnlich war sie. Scheu, aber immer im Angriff. Und nie bereit zu vertrauen. Versteht ihr, was ich meine?«

Sie nickten.

»Sie nahm das Essen, das ich ihr gab, und sie schlief hier, in der Kammer neben der meinen, wo ich das Zeug zum Fischen aufbewahre. Mein Bett wollte sie nicht. Wenn Leute kamen, versteckte sie sich, und nachts verschwand sie meistens. Sie wusch sich, ihre Haare und ihre Kleider, wenn ich nicht da war. Dann saß sie manchmal, wenn ich zurückkam, in eine Decke gewickelt am Herd, über dem ihre Sachen trockneten. Sie saß überhaupt viel am Herd. Saß nur da und redete fast nichts, auf diesem Stuhl«, er wies auf den Stuhl, auf dem sie ihn vorhin, als sie durchs Fenster blickten, hatten sitzen sehen, »mit angezogenen Beinen, die Arme darumgelegt. Sie bewegte sich nur, um neues Holz nachzulegen, und dann wurde ihr Gesicht vom Feuer rot und voller Leben, wie es sonst nie war.«

»Und der Hund?«

»Welcher Hund?«

»Annas Hund«, sagte Wilfried ungeduldig. »Ihr Köter mit den gelben Augen, du kennst ihn doch.«

»Hier bei mir war er nie«, sagte Charon. »Vielleicht trafen sie sich nachts.«

»Aber er ist ihr damals nachgesprungen«, erklärte

Wilfried, »und wenn er nicht ersoffen ist, hätte ihn nichts davon abhalten können, bei ihr zu bleiben.«

»Vielleicht ist er ersoffen«, sagte der Junker, und sie spürten einen Schauer über den Rücken laufen.

Sie schwiegen lange. Von draußen kam das Kreischen eines Vogels, einer Krähe vielleicht. Charon stand auf und wanderte, die Hände auf dem Rücken verschränkt, hin und her, von der Tür zum Fenster, von dort zum Tisch und dann wieder zur Tür. Die anderen folgten ihm mit den Augen, keiner drängte; was er zu sagen hatte, würde er sagen. Schließlich setzte sich Charon auf den Stuhl, der neben dem Herd stand, öffnete die Feuerklappe und stocherte mit einem Holzscheit in der Glut.

»Heute morgen in aller Frühe«, sagte er, »kam sie und weckte mich. Erst dachte ich, es wolle jemand übergesetzt werden, aber als ich ihr Gesicht sah, noch blasser als sonst, obwohl sie schnell gelaufen sein mußte, denn sie atmete schwer, wußte ich, daß etwas passiert war. Ich zog mich an und ging mit ihr, sie führte mich ins Schloß, und dort fand ich Josef.«

»Wo fandest du ihn«, unterbrach der Pfarrer.

»In einer Truhe. Sie stand offen und er lag darin, ganz schön mitgenommen, wenn ihr mich fragt, aber immerhin doch klar genug, mich zu erkennen, denn er lächelte, als er mich sah und deutete auf seinen Hals, wo die kleine Kröte ihn gewürgt hatte. Ich half ihm heraus, und mit meiner Hilfe kam er hierher.«

»Und Anna?«

»Anna rührte ihn nicht an. Sie lief mal vor, mal hinter uns, war nicht einmal bereit, zurückzulaufen und seinen Schuh zu holen, den er verloren hatte.«

»Warum sollte sie auch«, sagte Wilfried, »sie hat genug für ihn getan.«

Charon blickte ihn prüfend an und breitete dann die Hände aus.

»Wie auch immer. Er erzählte hier am Herd, als es ihm besser ging, was letzte Nacht passiert war. Und daß er nicht mehr hierbleiben wolle. Ich gab ihm ein Paar von meinen Schuhen, und sie gingen fort.«

»Zusammen?« fragte Wilfried.

»Ja.«

Der Vogel draußen, der sich eine ganze Weile nicht hatte hören lassen, zeterte aufs neue los, führte eine nahezu endlose und verbitterte Klage in einer Sache, die nur ihm bekannt war, und vielleicht war sie nicht einmal das. Am anderen Ufer bimmelte die Glocke.

»Kundschaft«, meinte Charon, stand auf und zog

seine Jacke über, die an einem Haken hinter der Tür hing. »Ach«, sagte er schon im Hinausgehen, »ich habe ihnen die Adresse vom Chinesen gegeben, der hat, sollte man meinen, in seinem Haus Platz für ein ganzes Regiment.«

Annas Hund

Der Chinese hatte Josef und Anna bei sich aufgenommen und ihnen in einem Winkel seines Lagers eine Art Wohnung eingerichtet. Nicht auf Dauer, hatte er ihnen erklärt, aber eine Zeitlang ginge das schon.

Er verschaffte Josef eine Arbeit im Spital und setzte ein paar Hebel in Bewegung, um sie in einem seiner Mietshäuser unterzubringen, aber als sich nicht gleich etwas fand, begann er die Sache zu verschleppen und hatte sich an seine Untermieter schließlich so gewöhnt, daß er gar nicht mehr an sie dachte. Ab und zu traf er auf Anna, sie lag auf einem Sofa oder saß vor einem Spiegel, stumm und doch mit der gleichen Selbstverständlichkeit wie die beiden Katzen, die sich eines Tages bei ihm einquartiert hatten, sich seitdem auf leisen Pfoten überall herumtrieben und ihn bei seinem Auftauchen jedesmal so vorwurfsvoll anblickten, als wären sie die Besitzer und er der Gast.

Er hatte mit Anna, seit sie da war, noch keine drei Worte gewechselt, weder benützte sie seinen Herd, noch das Bad, das ein Stockwerk höher lag. Es gab hinten im Lager, dort, wo auch eine Tür in den Hof und damit zur Straße führte, einen kleinen Waschraum, der Anna und Josef zu genügen schien.

Was ihm erst später einfiel, als Anna nicht mehr da war und er sich an sie zu erinnern versuchte, war, daß sie jedesmal, wenn er zufällig auf sie gestoßen war, Kleider aus einem seiner Schränke getragen hatte, aber sie hatten so gut zu ihr gepaßt, daß er es wie selbstverständlich hingenommen hatte, als wäre sie ein Geschöpf, das in jeder Zeit zu Hause war, oder auch in keiner.

Und so antwortete er auch eines Abends Wilfried, der ihn mit belegter Stimme und fast ängstlich gefragt hatte, ob außer ihnen noch jemand da sei – er habe Geräusche gehört –, in aller Unschuld, wenn keine Einbrecher da wären, wüßte er von niemandem, so sehr waren Josef und Anna in seinen Gedanken zu Inventar geworden.

»Ach niemand«, sagte Wilfried, »wirklich?«

Auch heute war er durchnäßt gekommen, und der Chinese war gerade dabei, ihm an seinem Herd einen Tee zu machen, heiß, dampfend und mit viel Rum. »Sie waren schon lange nicht mehr da«, meinte er, »aber immer wenn Sie zu mir kommen, regnet es.«

»Ja«, Wilfried rieb sich die Hände, damit sie warm wurden, und sah sich dabei unauffällig im Lager um, »so ist es. Es gibt Frost, und man wartet auf Schnee, und dann wird es plötzlich doch wieder wärmer, und es gibt Regen, nichts als Regen.« Er nahm die Tasse, die der Chinese ihm reichte, und roch daran. »Dies wird ein Winter ohne Schnee.«

Sie wanderten zu ihren Elefantensesseln und fanden dort, auf das Sofa hingestreckt, Anna, in einem Kleid, das ihr bis zu den Knöcheln reichte, die Füße aber waren nackt, und eine der Katzen lag bei ihr und spielte mit ihren Zehen.

»Und wer ist das?« fragte Wilfried, nachdem er sich wieder gefaßt hatte.

»An die beiden habe ich doch tatsächlich nicht mehr gedacht«, sagte der Chinese, »sie sind vorläufig bei mir untergekommen. Ein junger Mann ... er wird noch im Spital sein, denke ich. Und das ist Anna. Anna, darf ich Ihnen auch einen Tee bringen?«

Sie nickte, ohne den Blick von Wilfried zu wenden. »Was machst du hier?« fragte sie, nachdem der Chinese gegangen war.

Wilfried setzte sich in einen der Sessel und schlug die Beine übereinander. »Ich erzähle Märchen«, sagte er.

»Märchen«, wiederholte Anna. Sie zog die Füße unter ihr Kleid und schubste die Katze mit einer leichten Handbewegung vom Sofa. Als der Chinese mit dem Tee kam, fragte sie: »Darf ich heute ein Märchen erzählen?«

Der Chinese blickte Wilfried fragend an, aber der zuckte nur mit den Schultern.

»Bitte«, sagte der Chinese.

»Da gibt es«, begann Anna, »im Grenzland ein Dorf, in dem Menschen leben, wie sie im Grenzland eben sind.«

»Und wie sind sie?« fragte der Chinese.

»Verschlossen«, sagte Anna, »störrisch, unzugänglich.«

Der Chinese nahm einen langen Schluck aus seiner Tasse und nickte.

»Ich war mal bei einem, um ihm etwas abzukaufen, und er hat mich rausgeworfen, regelrecht vor die Tür gesetzt.«

»Und was wollten Sie kaufen?«

»Einen Wald, eigentlich nur ein Wäldchen. Nicht der Rede wert.«

»Bis auf den Schatz.«

Der Chinese richtete sich in seinem Sessel so hastig auf, daß er den Tee verschüttete. »Was hat Charon Ihnen erzählt?« fragte er.

»Nichts«, sagte Anna. »Aber nun zurück zu meinem Märchen. Es geht weiter mit Ihrem Wäldchen, in dem es einen vergrabenen Schatz geben soll ...«

»Eine Reliquie«, unterbrach der Chinese.

»... in einem mit Edelsteinen besetzten Kästchen«, fuhr Anna fort. »Heimlich graben ein paar Leute danach, und ebenso heimlich werden sie von anderen beobachtet und überwacht.«

»Im Wald?« fragte der Chinese.

»Oh, nicht nur im Wald. Auch hier, hier bei Ihnen. Ihr größter Widersacher sitzt Ihnen gegenüber.«

Der Chinese stieß einen langen Seufzer aus und blickte auf Wilfried.

»Sie«, fragte er, »ausgerechnet Sie? Ich hätte also den Dorn so oder so nie bekommen?«

»Kaum«, sagte Wilfried. »Charon hätte schon dafür gesorgt, daß er in die richtigen Hände kommt.«

»Und wem gehören die richtigen Hände?«

»Dem Pfarrer.«

Der Chinese schnaubte. »Der Pfarrer, der braucht ihn doch nicht. Der glaubt doch sowieso. Aber ich, ich hätte den Dorn berühren können, und dann wäre... vielleicht...«

»Ein Wunder geschehen?«

»Warum nicht.«

»Und worin hätte das Wunder bestanden?«

Der Chinese schwieg und rieb mit dem Finger über den Fleck, den der Tee auf seinem Kimono gemacht hatte. Wilfried wartete. Als er keine Antwort bekam, lachte er trocken und sagte: »Hören Sie, Wunder kommen nie von außen, was wie ein Wunder aussieht, ist immer Lüge. Nur wir selbst können bei uns etwas bewirken, das einem Wunder ähnlich ist.«

»Das ist nicht wahr«, sagte der Chinese. »So vieles kommt von außen, Licht und Wärme und Ihre Stimme, wenn Sie Märchen erzählen. Fast alles kommt von außen und verändert uns.«

»Wenn Sie traurig sind«, sagte Wilfried, »kann dann irgend etwas Sie fröhlich machen?«

»Natürlich.«

»Und umgekehrt auch?«

»Ja.«

»Glücklicher kleiner Mann«, sagte Wilfried.

Das Holz in dem gußeisernen Ofen knackte, und der Chinese stand auf, um ein Brikett aufzulegen. Wie von weither kam der Klang einer weiblichen Stimme.

»Hallo«, rief jemand in dem kleinen Laden, der zwischen dem Lager und der Straße lag, »ist jemand da?« Und Wilfried erinnerte sich, daß er genauso gerufen hatte.

»Ja«, rief der Chinese zurück und schlurfte, wie er damals auch auf Wilfried zugeschlurft war, auf seinen Filzpantoffeln dem Ankömmling entgegen. Ziemlich verwirrt kam er zurück, eine etwas dickliche Dame im Schlepptau, die sich, als sie Anna erblickte, mit einem kleinen Schrei auf sie stürzte.

»Da sind Sie, da sind Sie ja«, rief sie, »was habe ich nach Ihnen gesucht. Wenn Ihr Hund mir nicht den Weg gezeigt hätte ...«

»Welcher Hund?« fragte Wilfried.

Sie gab ihm einen zerstreuten Seitenblick. »Nun, Annas Hund. Mit dem ich sie im Park getroffen habe. Stellen Sie sich vor, sie hatte keinen Mantel an, bei diesem Wetter, und sie erzählte mir ein bißchen von sich, und das ging mir nicht mehr aus dem Kopf.« Sie wandte sich wieder an Anna. »Ich lebe ganz allein in einem großen Haus, und nun da ich eine Nacht darüber geschlafen habe, habe ich beschlossen, Sie zu mir zu nehmen. Natürlich nur, wenn es Ihnen recht ist. Sie brauchen einfach jemanden, der sich um Sie kümmert, der Ihnen warme Kleider kauft, Sie ein bißchen verwöhnt, nach all dem, was sie ertragen mußten.«

»Was mußte sie ertragen?« fragte Wilfried.

»Hat sie Ihnen nichts erzählt? Von ihrer traurigen Kindheit bei einer alten Tante, die sie immer eingesperrt hat, bis sie ihr schließlich weggelaufen ist? Daß sie mal da, mal dort untergeschlüpft ist, ohne jemals ein wirkliches Zuhause zu finden?« Sie beugte sich vor und tätschelte Annas Hand. »Armes kleines Ding. Hat nichts als ihren Hund. Nun, er ist nicht gerade hübsch, aber ich werde ihn natürlich auch zu mir nehmen.«

»Das wird nicht nötig sein», sagte Wilfried, »ich nehme an, daß er eine Zeitlang unauffindbar sein wird, bis man ihn wieder braucht.«

»Braucht?« fragte sie irritiert.

Anna war aufgestanden und strich sich über ihr

Kleid. »Ich hole nur noch ein paar Sachen«, sagte sie, »ich bin gleich wieder da.«

»Und Josef?« fragte Wilfried. Sie lächelte ihr rätselhaftes Madonnenlächeln und sah an ihm vorbei.

»Wer ist Josef?« fragte die Dame. »Mein Gott, ist das verwirrend. Beeilen Sie sich, Herzchen, damit wir hier rauskommen.«

Wilfried lehnte sich zurück und schloß die Augen. »Ich hätte sie verbrennen sollen«, sagte er.

Der Mönch

Leo hatte einen Ort gefunden, wo er sich in den Zustand zurückversetzen konnte, in dem er sich so wohl gefühlt hatte. Es gab hinter dem Pfarrhaus, an die Friedhofsmauer angebaut, einen großen alten Schuppen, den kaum jemand betrat. Dort stand, völlig zugestaubt, die schwarze Kutsche, mit der man früher bei seinen seltenen Besuchen den Bischof an der Gemeindegrenze vom Nachbardorf übernommen und zur Kirche gefahren hatte, Fahnen moderten, in einer Ecke zusammengerollt. In einem ausrangierten Beichtstuhl, dessen mottenzerfressene Vorhänge traurig herabhingen, hatten sich Mäuse einquartiert.

Über eine Leiter, an der mehr Sprossen fehlten, als noch welche da waren, gelangte man auf den Dachboden, auf den sich aber schon lange niemand mehr getraute, denn der Boden bestand inzwischen nur noch aus über Balken gelegten Brettern, zwischen denen große Zwischenräume klafften. Hier oben aber war Leos Versteck. Er hatte eine große Seegrasmatratze gefunden, die in der Mitte eine Mulde hatte, in die er genau paßte. Aus dem Pfarrhaus hatte er zwei Decken mitgenommen, graue Decken mit Mäanderstreifen, wie es sie, so stellte er es sich vor, in Asylen oder im Gefängnis gab, und in diese Decken eingewickelt, eingesunken in seine Mulde, verbrachte er lange Nachmittage im Dämmerlicht, über sich das Gurren der Tauben, und alle Viertelstunden vom Klang der Kirchturmuhr, die nicht weit war, wie hochgehoben und sanft wieder hingelegt.

Das war es, was er erreichen wollte und manchmal fast erreichte: das Gefühl, seinen Körper zurückzulassen und sich wie Nebel durch Zeit und Raum zu bewegen, schwerelos, frei von Erinnerungen, unerreichbar für alle, die etwas von ihm wollten. Und das galt nicht nur für die Tante und Rudolf, die er nicht mochte, sondern auch für alle anderen, sogar für Wilfrieds Kind, das er am liebsten hatte, aber doch nicht so sehr, daß er seinetwegen hätte dableiben mögen. So hatte er ihm auch nicht verraten, wo er jetzt immer seine Nachmittage verbrachte, und das Kind, das sich langweilte, war ihm böse, weil er sich ihm entzog. Manchmal hörte er sein Rufen, vom Friedhof herauf, oder aus der Ecke, wo die Kapelle war, und dann lächelte er, wie jemand lächelt, der weiß, daß er hinter einer Mauer steht und von niemandem entdeckt werden kann.

Aber eines Nachmittags gelang es dem Kind, ihn rechtzeitig abzufangen. »Ich hasse dich«, sagte es mit tränenerstickter Stimme. »Du bist nicht mehr mein Freund.« Und auch die Mönche schienen seiner Ansicht zu sein, denn ihr Gesang klang gedämpfter, als wären sie müde geworden. »Du hast mir versprochen, daß wir beide nach dem Schatz suchen, und bis jetzt bist du noch kein einziges Mal mitgegangen.«

Das stimmte. Sie standen unter der Friedhofstür, und Leo konnte das Dach der Scheune sehen. Er zögerte, aber als er die kleine heiße Hand in der seinen spürte, gab er nach.

»Es ist sowieso bald Frühling«, sagte das Kind, »dann kommen sie wieder.«

»Im Frühling«, meinte Leo, »bin ich vom Baum gefallen.«

»War es ein großer Baum?«

»Sehr groß.«

»War es wie Fliegen?«

»Ein bißchen ja.«

»Ich würde gern fliegen«, sagte das Kind. Sie hatten eine kleine Anhöhe erreicht, und es breitete die Arme aus und bewegte sich hüpfend abwärts wie eine hinkende Krähe. Leo mußte lachen. Es begann zu regnen, ein feiner leichter, kalter Regen, und Leo, der schon lange nicht mehr hinausgekommen war, bemerkte die ersten grünen Spuren, die den Frühling ankündigten. Bald war seine Zeit hier zu Ende. Und dann? Ihm graute vor der Schule, den Lehrern, seinen Mitschülern. Er betrachtete den schmalen Rücken des Kindes, das mit dem Hüpfen aufgehört hatte und nun zielstrebig in einer Furche des Weges auf das Wäldchen zumarschierte, das vor ihnen aufgetaucht war. Er wird einmal alles schaffen, dachte Leo, das Gute und das Böse wird er an sich herankommen lassen mit ausgestreckter Hand. Während ich... Er begann zu laufen, weil das Kind zu laufen begonnen hatte, und die Regentropfen klopften auf sein Gesicht und ließen die Haut prickeln.

»Wir sind die Moorsoldaten...«, sang das Kind und glitschte mit seinen Füßen über den aufgeweichten Boden.

»Vielleicht sind sie schon da«, rief Leo, »der Boden ist doch schon ganz weich.«

»Nein«, sagte das Kind, »ich glaub nicht.«

Sie hatten das Wäldchen erreicht, das von dichtem Gestrüpp wie von einem Ring umgeben war. Nirgendwo war ein Pfad zu erkennen, und sie gingen an seinem Rand entlang, bis sie zu einer kleinen Schlucht kamen, an deren Grund ein mageres Rinnsal floß.

»Wenn wir hinuntersteigen und dort entlanggehen«, schlug Leo vor, »kommen wir hinein.«

Das Kind war sofort damit einverstanden und rutschte die schräge Wand hinab, es war inzwischen sowieso schon so schmutzig, daß es darauf auch nicht mehr ankam. Unten versuchten sie auf den aus dem Wasser herausragenden Steinen zu laufen, glitten aber doch immer wieder ab und landeten im Schlamm. Brombeersträucher wuchsen rechts und links an der Böschung und ließen ihre Zweige weit herabhängen, wenn sie erst einmal begrünt waren, war es sicher fast unmöglich durchzukommen.

Gerade als sie sich entschlossen hatten, wieder hochzuklettern, entdeckten sie hinter einer Biegung eine Holzhütte, so waghalsig an den Rand der Schlucht gebaut, daß sie jeden Moment abzurutschen drohte.

»Das ist ihr Hauptquartier«, schrie das Kind. Leo nickte. Sie hielten sich an Zweigen und Ästen und zogen sich so die Böschung hoch, durchnäßt, zerkratzt, aber voller Spannung, was sie in der Hütte finden würden. Die Tür war nicht verschlossen, das einzige Fenster ließ durch den Staub gefiltertes Licht herein und zeigte ihnen einen Ausblick auf die gegenüberliegenden Bäume, die so mit Efeu und wildem Wein bewachsen waren, daß sie riesigen vorsintflutlichen Tieren ähnelten, die sich besorgt einander zuneigten. Waren sie die Wächter des Schatzes? Still war es um sie herum, kein Vogel war zu hören, kein Windstoß belebte den Wald, kein Rascheln ließ auf die Anwesenheit eines, und sei es auch noch so kleinen, Tieres schließen.

»Das ist seltsam«, sagte Leo.

»Was?«

»Deine Mönche.«

»Was ist mit ihnen?«

»Sie sind stumm.«

Tatsächlich. Waren sie zurückgeblieben, als sie in die Schlucht stiegen und damit das Wäldchen betraten? War es ihnen verboten, an den Ort zurückzukehren, wo sie ihren klösterlichen Pflichten entsagt und sich weltlichen Freuden hingegeben hatten? Leo erinnerte sich an das, was der Pfarrer ihm aus einer alten Chronik vorgelesen hatte. Sie mußten mit den Wegelagerern, Dieben und Räubern, die in dem Dorf hausten, ein abenteuerliches Leben geführt haben. Jagen, Saufen, Tanzen ... bis das Nest ausgehoben, die Räuber gefangengesetzt und hingerichtet, die Frauen und Kinder außer Landes gebracht wurden, das Dorf selbst aber aufgelassen wurde, verwunschen, verflucht, zugeweht und zugewachsen, eins mit dem Wald, beinahe unauffindbar, bis die gierigen Hände der Schatzgräber seine jahrhundertealte Ruhe störten.

»Vielleicht schlafen sie gerade«, sagte das Kind. Es starrte mit weitaufgerissenen Augen in eine Ecke der Hütte, wo seiner Meinung nach noch größere Schätze lagen, als es ein mit Edelsteinen besetztes Kästchen sein konnte. Speerspitzen, ein vom Rost angefressenes Schwert, Beile, Münzen, Gürtelschnallen und tönernes Geschirr, alles in einem Haufen durcheinander, als wäre es den Findern, wenn sie schon den großen Fang nicht machen konnten, auf diesen Kleinkram auch nicht angekommen. Das Kind kniete davor nieder und begann in den Sachen herumzuwühlen.

»Meinst du, ich kann was davon nehmen?« fragte es.

»Aber ja«, meinte Leo. Er sah sich um. In einer weiteren Ecke standen Spaten und Schaufeln, dick mit Erde verkrustet, daneben ein grobmaschiges Sieb und eine Hacke. An der Wand hingen ein paar Jacken aus wetterfestem Tuch. Er beugte sich zu einem der Spaten und berührte die Erde mit dem Finger. Sie war feucht.

»Irgend jemand«, sagte er zu dem Kind, das gerade ein wie eine kleine Sichel geformtes Messer emporhielt und es in dem diffusen Licht, das durch das Fenster kam, verzückt betrachtete, »irgend jemand hatte keine Lust zu warten, bis es dem Chinesen paßt. Wer, denkst du? Charon doch nicht? Und die beiden Totengräber machen doch nur, was der Chinese ihnen sagt. Also bleiben Rudolf und die Tante übrig.«

»Hast du sie nie weggehen sehen?« fragte das Kind gleichgültig. Es beschäftigte sich jetzt mit den Münzen, die es an seinem nassen Jackenärmel sauberzureiben versuchte.

»Eigentlich nicht. Aber ich war ja auch nie da.« Irgendwann hatten er und Rudolf im Laufe des Winters in gegenseitigem Einverständnis den Nachmittagsunterricht aufgegeben, ohne daß der Pfarrer es wußte.

Aber eines Abends, erinnerte er sich jetzt, waren ihm der Tante zerschundene Hände aufgefallen, und er hatte sich flüchtig gefragt, woher das kam, da doch Rosine die ganze grobe Arbeit machte, aber dann war er dem nicht weiter nachgegangen, unter dem herrischen Blick ihrer kalten blauen Augen, die ihn festhielten und eine Drohung aussprachen, die gar nicht nötig gewesen wäre. Er war sich selbst genug, was sie tat, interessierte ihn nicht. »Laß uns gehen«, sagte er zu dem Kind, »und wenn du etwas mitnimmst, leg alles wieder so hin, daß sie nichts merken.«

»Nur das«, sagte das Kind, »und das.« Es hielt in der einen Hand das Messer und in der anderen ein paar Münzen und verstaute jetzt beides in den Taschen seiner Jacke. Sie verließen die Hütte und bemerkten nun draußen einen schmalen Pfad, der in gewundenen Linien im Dickicht verschwand. Hintereinanderlaufend sahen sie nun bald rechts und links die freigelegten Mauern, feucht glänzend im Regen, aber sie hatten plötzlich keine Lust mehr weiterzusuchen. Leo, weil er auf seinen Dachboden wollte, und das Kind, weil es mit seinen Schätzen mehr als zufrieden war. Vor einer Wegbiegung hörten sie Stimmen. Leo packte das Kind am Arm und zerrte es in ein Kellergewölbe, über dessen Öffnung Efeu herabhing, der sie den Blicken Vorübergehender entzog. Und da kamen sie, die Tante voran und Rudolf hinterher, in ihre Mäntel gehüllt, vornübergebeugt, müde, als hätten sie die Arbeit schon hinter sich, so trotteten sie im Regen vorüber und glichen einen Augenblick den alten unförmigen Bäumen, als wären auch sie zwei Geschöpfe aus einer längst vergangenen Zeit.

Leo und das Kind warteten lange, bis sie ganz sicher waren, daß die beiden die Hütte erreicht hatten, dann schoben sie den Efeu auseinander und schlüpften hinaus, Leo zuerst, und als er sich umdrehte, um das Kind unter den emporgehaltenen Ranken an sich vorbeizulassen, sah er ihn. Er saß ganz hinten auf dem Boden, gegen die Mauer gelehnt, die Kapuze so über den Kopf gezogen, daß nur der untere Teil des Gesichts sichtbar war – ein Mönch in einer braunen Kutte.

Das Kästchen

Das Kind hatte nichts bemerkt. Der Mönch hob beschwörend die Hände und legte einen Finger auf den Mund. Leo zögerte, zuckte dann aber nur mit den Schultern, ließ die Efeuranken zurückfallen und folgte dem Kind, das bereits vorausgegangen war auf diesem Pfad, der sie nun weniger beschwerlich aus dem Wäldchen herausführte, als sie hineingekommen waren.

Manni streifte die Kapuze zurück und atmete tief durch. Leo hatte ihn nicht erkannt, dessen war er sich sicher, wenn er aber hätte aufstehen und mit ihm reden müssen, wäre sein Versteckspiel zu Ende gewesen. So würde jeder, dem Leo etwas erzählte, denken, er habe einen Geist gesehen, auf einen Geist mehr oder weniger kam es ja in diesem Dorf nicht an. Er blies auf seine kalten Finger und steckte sie in die Ärmel der Kutte. Würde es Wilma weicher stimmen, wenn sie wüßte, daß er hier für sie in Regen und Kälte nach dem juwelenbesetzten Kästchen suchte? Immer wieder hatte er versucht, mit ihr zu reden, hatte ans Fenster geklopft und ihren Namen gerufen, aber obwohl sie inzwischen genausogut wie er wußte, daß Josef nichts geschehen war, ließ sie ihn nicht mehr ins Haus. Er hatte ihr aufgelauert und war ihr nach, wohin auch immer sie ging, zum Junker, wo sie der alten Haushälterin beim Saubermachen half, oder bis zur Tür des Pfarrhauses, wo sie Rosine etwas auszurichten hatte. Manchmal ging sie auch weiter über Land, wenn sie den Leuten die Sachen zurückbrachte, die sie für sie gestopft, gewaschen und gebügelt hatte. Viele gaben ihr aus Mitleid immer wieder etwas mit, obwohl sie manches hätten gut selbst machen können, aber man wußte, daß Rosine und Wilma nur von dem lebten, was sie in anderer Leute Häuser durch Putzen und Nähen verdienen konnten. Und darauf baute Manni. Irgendwann einmal würde er sich Wilma mit Geschenken zurückgekauft haben, er mußte nur Geduld haben. Sein Erspartes hatte er verbraucht. Tücher, ein Armreif, ein mit kleinen blauen Steinen besetzter Ring, die er ihr aufgedrängt hatte, waren von ihr achtlos ein paar Schritte weiter weggeworfen worden, und er hatte Mühe gehabt, den Ring wiederzufinden, der ihn am meisten gekostet hatte.

Schließlich hatte er die Sachen Rosine gegeben, die versprochen hatte, sie für Wilma aufzuheben. Sie wußte von nichts, was Josef anging, dafür um so mehr von den heimlichen Ausflügen Bertas und Rudolfs in den verwunschenen Wald.

»Sie denken, ich höre nichts«, hatte sie Manni erzählt, »aber ich brauche nur unten den Kopf in den Kachelofen zu stecken, dann kann ich jedes Wort verstehen, das sie oben in Bertas Zimmer miteinander reden. Sie suchen in dem aufgelassenen Dorf nach einem kleinen Kasten, der ganz mit Edelsteinen besetzt sein soll. Soviele Steine, daß sie irgendwo in einem anderen Land ein herrliches Leben führen können. Das sagen sie.«

»Was für ein Kasten?« hatte Manni gefragt.

»Nun, irgendwas mit einer Reliquie, die die Mönche dort versteckt haben. Es ist eine Sache, von der der Pfarrer anscheinend nichts wissen darf. Der wundert sich nicht einmal, daß sie an den Nachmittagen soviel spazieren gehen und dann mit verdreckten Kleidern zurückkommen. Aber er merkt ja auch nicht, daß der Junge jeden Mittag verschwindet. Ein verrücktes Haus.«

»Ach ja«, hatte Manni gemurmelt. Der Gedanke an die kostbaren Steine hatte sich in seinem Kopf festgesetzt und ließ ihn nicht mehr los. Das war es, was er brauchte. Hatte er das Kästchen, bekam er auch Wilma wieder. Was die herrische Berta dazu brachte, jeden Tag bei jedem Wetter in der Erde zu wühlen, müßte genügen, Wilma wieder für ihn einzunehmen.

Er hatte sich eine Mönchskutte besorgt, um, falls Rudolf und Berta ihn entdeckten, unerkannt verschwinden zu können, lächerlich lang war die Kutte, und er hatte sie hochgezogen und ein paarmal mit dem Strick, der als Gürtel diente, umwickelt, damit er nicht dauernd über den Saum stolperte, und so saß er nun hier, in der Nähe des Pfades, den er ausgemacht hatte, und fragte sich, wieviele noch nach dem Schatz suchten. Leo und das Kind, vielleicht auch Wilfried. Er mußte sich beeilen.

Vorsichtig spähte er durch die Efeuranken hinaus. Nicht weit von ihm arbeiteten Rudolf und Berta mit Schaufel und Hacke am Fuß einer niedrigen Mauer. Jetzt konnte er sie auch hören.

»Es ist einfach zuviel«, erklärte Berta, »diese verdammten Mönche hätten sich wirklich klarer ausdrükken können.«

»Unter dem siebten Haus«, sagte Rudolf, »unter dem siebten Stein, grab sieben Fuß tief, und der Schatz ist dein. Frei übersetzt.« Er lachte ohne eine Spur von Fröhlichkeit.

»Das ist es ja«, sagte Berta. »Das siebte Haus. Von links, von rechts? Und welcher siebte Stein? Von welcher Ecke? Wir schaffen das nicht allein.«

»Aber der Chinese will nicht mehr. Er will nicht mal mehr das Kästchen kaufen, wenn wir's ohne ihn finden. Er hat uns sogar den Plan zurückgegeben, obwohl er doch inzwischen Geld genug in die Sache gesteckt hat.«

»Geld?« fragte sie zerstreut. Sie war mit der Hacke auf etwas Hartes gestoßen, das geklirrt hatte, und wühlte jetzt, auf beiden Knien liegend, mit den Händen in der feuchten Erde. »Wie ich das hasse«, rief sie, hielt einen zerbeulten Becher hoch und schleuderte ihn in die Efeuranken. Das Stück einer Kette folgte und hätte Manni beinahe gestreift. Erschrocken zog er den Kopf ein.

»Für die Totengräber«, erklärte Rudolf. »Die hat er doch bezahlt und nicht beteiligt.«

»Das ist eine Möglichkeit«, sagte Berta. »Bezahlen können wir sie nicht, aber ihnen einen Teil des Schatzes anbieten, falls sie uns helfen und wir ihn finden, das können wir.«

»Teilen?«

»Nicht wirklich, natürlich. Sobald wir das Kästchen haben, verschwinden wir. Unmittelbar.« Sie richtete sich auf. »Ich mach mir hier nicht mehr die Finger schmutzig. Morgen suchen wir sie auf.«

»Und wo willst du sie finden?«

»Auf dem Friedhof in der Stadt. Dort, wo auch der Chinese sie gefunden hat.«

»Und was wird Charon denken, wenn er sie sieht?«

»Er darf sie eben nicht sehen. Es gibt noch mehr Wege über den Fluß.«

»Nun gut«, sagte Rudolf. Er dehnte die Arme, daß sie in den Gelenken krachten. »Es wird auch Zeit. Es wird wirklich Zeit. Ich brauche Sonne...«

»Lahore«, sagte sie und erhob sich.

»Mandaley«, sagte Rudolf, »Kalkutta, Bangladur und die Inseln hinter dem Wind.«

Manni sah ihnen leise in sich hineinkichernd nach, wie sie zur Hütte gingen, die Geräte zu verstauen und die feuchten Jacken gegen ihre Mäntel auszutauschen. Als sie diesmal wieder vorüberkamen, gingen sie hochaufgerichtet, mit beschwingten Schritten, die Sonne Indiens über ihren Köpfen.

Er wartete, bis er auch nicht mehr das geringste von ihnen hörte, dann kam er aus seinem Versteck und hüpfte erst einmal mit flatternder Kutte im Kreis herum, um sich warm zu machen. Der Regen hatte aufgehört, und leichter weißer Nebel legte sich über das Gras und die Büsche.

»Das siebte Haus, der siebte Stein«, sang Manni vor sich hin, »grab sieben Fuß, der Schatz ist dein.«

Wieviel war ein Fuß? Nun, wahrscheinlich genau das, was er aussagte. Die Länge eines Fußes. Er blieb stehen und betrachtete seine Füße. Das war nicht viel, nicht zuviel. Er tanzte zur Hütte und holte einen Spaten. Noch hatte er ein, zwei Stunden, bis es dunkel wurde, aber trotzdem nahm er ein paar der Fackeln, die dort herumlagen, mit, steckte zwei davon in den Boden und zündete sie an. Und nun begann er in dem zuckenden Zwielicht ein seltsames Treiben. Die geschürzte Kutte noch mit den Händen hochhaltend, lief er über die Mauern und an ihnen entlang, zählte und rechnete und ließ sich schließlich erschöpft nicht weit von der Stelle, wo Rudolf und Berta gearbeitet hatten, zu Boden sinken. Vielleicht hatten sie nur nicht tief genug gegraben. So viele Jahre waren vergangen, daß der Wind bestimmt noch zwei Fuß Erde über die Stelle geweht hatte, oder drei Fuß oder vier. Er holte den Spaten und grub weiter, wo die beiden aufgehört hatten, mit pfeifendem Atem streute er die Erde weit herum, es wurde dunkel, er erneuerte die Fackeln und schaufelte unermüdlich, ein unheimliches kleines Männchen, dessen Mönchskapuze auf dem Rücken bei seinen heftigen Bewegungen auf und nieder wippte. Er war wie besessen. Schweiß rann ihm über die Stirn und in die Augen, aber er wischte sich nur manchmal mit dem Ärmel über das Gesicht, das immer verschmierter wurde. Es war fast Mitternacht, als er das Kästchen fand. Keuchend kroch er aus dem Loch und schleppte sich zu einer der Fackeln. Das Kästchen war dick mit Erde verkrustet, und so scharrte er mit den Fingernägeln, bis im Licht eine paar Steine aufsprühten. Er lachte lautlos, boshaft, hatte Wilma und den eigentlichen Zweck seiner Suche fast vergessen und dachte an

Rudolf und Berta, die nun bis ans Ende ihrer Tage von Indiens Wärme nur noch träumen konnten.

»Mandaley«, sagte er und hielt das Kästchen hoch. Er würde sie noch mehr ärgern. Er würde noch vor ihnen die Totengräber aufsuchen und ihnen erzählen, was die beiden vorhatten. Er schob wieder soviel Erde in das Loch, daß einem flüchtigen Betrachter nichts auffallen konnte, brachte den Spaten zurück, schloß die Hüttentür, löschte die letzte brennende Fackel und schleuderte den Stumpf zu den anderen, die er schon vorher weggeworfen hatte.

Aber bald darauf verfluchte er seine Dummheit, weil er in der Dunkelheit den Pfad verfehlte und sich aufs Geratewohl quer durchs Gehölz schlagen mußte. Voll seltsamen Lebens schien ihm nun das den ganzen Tag wie versteinert wirkende Wäldchen. Das Rascheln zurückschnellender Äste, die er gestreift hatte, das Knacken morschen Holzes unter seinen Füßen konnten das leise Wispern rings um ihn nicht übertönen, es folgte ihm, wohin er sich wandte, eindringlich, flüsternd, keine Menschenstimmen, aber dann doch wieder so, daß er Worte zu verstehen glaubte. Er hoffte, sie hinter sich zu lassen, als er endlich den Waldrand erreicht hatte und im fahlen Licht eines blassen Mondes die Felder vor sich liegen sah, aber sie wichen ihm noch eine Weile nicht von der Seite, glitten mit ihm durch den Hohlweg, er ahnte sie mehr, als daß er wirklich etwas sah, Schemen, denen es nicht gegeben war, mehr Gestalt anzunehmen, die ihn aber auf der Stelle getötet hätten, wenn sie die Macht dazu gehabt hätten.

Abgekämpft, das Kästchen fest an seine Brust gepreßt, gelangte er zum Dorf, erreichte Rosines Haus und kauerte sich dort auf der Schwelle zusammen. Im Morgengrauen fand ihn Wilma, als sie die Tür öffnete, um die Katze hinauszulassen. Erschrocken starrte sie auf ihn hinunter. Die Kutte hing in Fetzen um seinen mageren Körper. Die Arme waren zerkratzt, Gesicht und Hände von Erde verschmiert. Er hielt ihr das Kästchen hin, und sie nahm es, trat einen Schritt zurück und schloß die Tür. Er klopfte mit den Handflächen dagegen. »Es sind Edelsteine, Wilma«, rief er mit halblauter Stimme, um Rosine nicht zu wecken. »Ich habe sie für dich gesucht und gefunden. Sie gehören dir.« Er preßte seinen Mund gegen das Holz der Tür und flüsterte nun nur noch: »Heute abend komm ich wieder, und du läßt mich hinein. Ja, Wilma? Ja?«

Sie hatte ihn nicht gehört. Mit spitzen Fingern trug sie das schmutzige Ding durch die Küche in ihre und Rosines Schlafkammer, öffnete das Fenster und schleuderte Mannis Geschenk in die Ecke hinter dem Hühnerstall, wo im Sommer Bilsenkraut und Brennesseln wuchsen.

Die Totengräber

Jemand rief. Mürrisch kam Charon vor seine Hütte, es war noch früh am Morgen, und als er sah, wer da übergesetzt werden wollte, verfinsterte sich seine Miene noch mehr. Er hatte das Hemd, in dem er auch geschlafen hatte, nur flüchtig in die Hosen gestopft, so daß ein Zipfel seitwärts herunterhing, seine Wolljacke war an allen Ecken und Enden geflickt, seine Füße steckten in Gummistiefeln, die so rissig waren, daß sie jeden Moment auseinanderzufallen drohten.

Er musterte spöttisch sein Gegenüber.

»Lackschuhe«, sagte er, »und im Sonntagsanzug? Gehst du auf Brautschau, Manni?«

»Das ist meine Sache«, antwortete Manni. Seine Augen glänzten trotz der durchwachten Nacht. Zum erstenmal seit der Sache mit Josef fühlte er sich wieder stark, gewitzter als alle anderen, und auch Charon würde er eines Tages zeigen, wer von ihnen beiden der Stärkere war. Er gab ihm das Geld für die Überfahrt und ein Trinkgeld dazu, und noch während Charon die Taue löste, setzte er sich auf eine der an der Längsseite der Fähre angebrachten Bänke, obwohl sie noch feucht vom Regen war, und wandte sein Gesicht zum Wasser, um zu zeigen, daß er nicht mit ihm reden wollte. Auch das war Charon recht. Am jenseitigen Ufer sah er Manni nach, wie er den Weg zwischen den Weiden in Richtung Bahnhof ging, eilig, und ohne sich auch nur einmal umzudrehen.

»Der brütet etwas aus«, sagte Charon, »der Teufel soll ihn holen, er wird doch nicht wieder hinter Josef her sein?«

Er überlegte, ob er Wilfried benachrichtigen solle, aber dann fiel ihm ein, daß Wilfried wohl im Moment auf Josef nicht allzu gut zu sprechen war, und so verscheuchte er seine Gedanken und ließ sie davonflattern wie die Vögel, die das Knarren der Fähre im Schilfstreifen längs des Ufers aufgestört hatte.

In der Stadt, in der niemandem wie im Dorf sein Anblick vertraut war, fiel Manni auf. Noch waren nicht viel Leute auf der Straße, aber die wenigen, die ihm begegneten, starrten ihn neugierig an, und mancher fragte sich im Lauf des Tages, warum er ein Gefühl mit sich herumschleppte wie nach einem schlechten Traum, und dann fielen ihm die böse glitzernden Augen des Zwerges ein.

Der Friedhof lag mitten in der Stadt, von einer riesigen efeubewachsenen Mauer umgeben. Es gab einen Laden am Eingang, in dem man Blumen und Immortellenkränze kaufen konnte, dort fragte Manni nach den beiden Totengräbern.

»Sie arbeiten heute ganz hinten«, erklärte ihm die Frau, die auf sein Rufen hin aus einem Nebenraum gekommen war, sie hielt noch ein paar Rosen in den Händen, die sie hatte binden wollen, und zeigte ihm mit ihnen die Richtung. »Sie sind dabei, die alten Grabkapellen zu renovieren, wissen Sie.« Sie musterte ihn neugierig. »Darf man fragen...«

Aber da war er schon zum Laden hinaus und ließ sie mit halboffenem Mund stehen. Er durchquerte mit schnellen Schritten den neueren Teil des Friedhofs und wurde erst langsamer, als die Gräber älter, die Grabsteine eindrucksvoller wurden, bis er schließlich weit hinten unter mächtigen alten Bäumen zu den Grabkapellen gelangte. Er näherte sich einer der Kapellen, deren Gittertür weit offen stand, Werkzeug lehnte außen an der Mauer, aus dem Inneren drangen Stimmen. Er spähte hinein und sah zwei Männer, die dabei waren, die Wände zu weißen. Sie arbeiteten bedächtig, unterhielten sich dabei und drehten sich nicht um, als er unter die Tür trat und hüstelte.

»Guten Morgen«, sagte er.

Sie ließen die Pinsel sinken und wandten sich ihm zu.

»Ein Zwerg«, rief der eine, der, auf einem Hocker

stehend, die Partien gegen die Decke zu übernommen hatte, während sein älterer Kollege weiter unten malte.

»So früh am Vormittag.«

»Und herausgeputzt, als käme er zu einem Begräbnis.«

»Ich komme zu keinem Begräbnis«, sagte Manni verärgert. »Ich bin gekommen, Sie zu warnen. Aber so, wie Sie mich empfangen …«

Er wollte gehen.

»Halt«, rief der eine, »kleines Herrchen, nun seien Sie doch nicht gleich beleidigt.« Er packte ihn am Arm und zog ihn näher zu sich her. »Uns warnen? Vor wem?«

»Rudolf und Berta.«

Auf einem Sarkophag in der Mitte des Raumes standen eine angebrochene Flasche Rotwein und zwei Gläser. Die beiden Männer räumten Farbkübel zur Seite, holten den Hocker herbei, luden Manni zum Sitzen ein und packten aus ihren Taschen belegte Brote. Sie schenkten Manni von dem Wein ein, den er nahm, boten ihm zu essen an, was er ablehnte, setzten sich auf den Sarkophag, die Flasche zwischen sich, aus der sie abwechselnd tranken, und hörten ihm ohne Kommentar zu, als er ihnen von Rudolfs und Bertas Vorhaben erzählte. Daß er das Kästchen gefunden hatte, verriet er natürlich nicht, aber der Gedanke daran, und daß

Wilma nach jedem Stein, den sie säuberte und blank rieb, sich ihm mehr zuneigte, ließ noch mehr Wärme in seinen Kopf steigen, als es der Wein schon tat.

Als er geendigt hatte, schwiegen beide eine Zeitlang, tranken und dachten nach.

»Ein Bubenstück«, sagte der eine schließlich.

»Und schändlich dazu«, der andere. Sie zwinkerten sich über Mannis Kopf hinweg zu, ohne daß er es bemerkte.

»Sie werden heute oder morgen kommen«, sagte Manni, »deshalb habe ich mich so beeilt.«

Sie nickten. »Und was sollen wir jetzt machen«, fragte der Ältere, scheinheilig.

»Ich dachte«, kicherte Manni, denn der Wein hatte bereits gewirkt, »ich dachte, ihr geht zum Schein auf ihren Vorschlag ein. Und dann laßt ihr sie ein Kästchen finden, irgendeines, das alt und wertvoll aussieht. Und in Mandaley... oder in Lahore... oder in ... in«, jetzt kreischte er fast, »Bangladur werden Sie merken, daß sie Glassteine gefunden haben.«

»Die Armen«, sagte der jüngere Totengräber und nahm einen großen Schluck. »Wir werden uns drum kümmern, kleiner Herr.« Er packte das nicht fertiggegessene Brot wieder ein und stand auf. »An die Arbeit«, sagte er, »wenn wir noch einmal Besuch bekommen, dürfen wir nicht trödeln.« Er tunkte den Pinsel so schwungvoll in den Eimer, daß Manni ein paar Spritzer abbekam. »Entschuldigung«, sagte er.

»Macht nichts«, murmelte Manni. Er schwankte und fiel fast vom Hocker, als hätte sein Heiterkeitsausbruch ihn um die letzten Reserven gebracht. »Bin ich müde...«

»Dann ruhen Sie sich doch ein Weilchen hier aus«, meinte der zweite Totengräber. »So eilig werden es Ihre beiden Freunde nicht haben. Und Sie haben einen langen Heimweg vor sich.« Er schichtete ein paar leere Säcke in einer Ecke übereinander und führte Manni zu diesem provisorischen Lager, ließ ihn sich zurechtkauern und deckte ihn mit einem weiteren Sack zu.

Und weil er nun, in tiefen Schlaf versunken, regungslos, zusammengekrümmt, weit mehr einem Haufen alter Lumpen als einem zugedeckten Menschen ähnlich sah, vergaßen ihn die Totengräber, als es Zeit zum Mittagessen war, räumten ihr noch draußen stehendes Gerät in die Kapelle, zogen die zweiflügelige Gittertür zu und schlossen ab. Und sie dachten auch dann nicht an ihn, als sie in einen anderen Teil des Friedhofs abberufen wurden, wo eine dringendere Arbeit als die an den Wänden der Kapelle sie erwartete.

So erwachte Manni gegen Abend mit steifen Gliedern, einen modrigen Geruch in der Nase, und wußte zuerst gar nicht, wo er war. Er schüttelte die Säcke von sich ab und sah sich um. Da stand der Sarkophag, gewaltig in der Dämmerung, und dahinter zeichnete sich, grau in grau, das Gitter ab.

»Sie sind gegangen«, sagte Manni, und seine Stimme hallte von den Wänden wider, »mein Gott, muß ich lange geschlafen haben.« Er klopfte sich notdürftig den Staub aus den Kleidern und ging ans Portal, versuchte es aufzuschieben und merkte mit wachsender Angst, daß es verschlossen war. Nur noch wenig Licht ließen die Bäume draußen durch, bald würde es ganz dunkel sein, und er war hier gefangen, mit einem Toten und den Phantomen der vergangenen Nacht, denn schon spürte er sie wie einen kalten Atem, der über seinen Nacken strich, und so schloß er in seiner Angst die Augen und begann, die Hände fest um das Gitter gekrallt, zu schreien.

Es waren Rudolf und Berta, die ihn fanden, die am nächsten Morgen, von der Blumenfrau gewiesen, noch vor den Totengräbern da waren, suchend zwischen den Grabkapellen umhergingen und ein leises Winseln hörten.

»Was ist das?« fragte Rudolf.

»Ich weiß nicht.« Berta hielt sich hinter ihm und spähte dabei über seine Schulter. »Es klingt seltsam. Wie von einem Tier.« Und dann sahen sie ihn hinter dem Gitter, zu Boden gerutscht, das verzerrte Gesicht dem Licht zugewandt.

»Manni«, rief Berta.

Aber Manni starrte sie nur aus blicklosen Augen an, erkannte sie nicht, würde nie mehr jemanden erkennen. In diesem Augenblick kam im Laufschritt einer der Totengräber an und stieß einen Fluch aus, als er Rudolf und Berta erkannte. »Wir haben ihn tatsächlich vergessen«, sagte er, »wie geht's ihm?«

»Nicht besonders, glaube ich«, sagte Rudolf.

Der Totengräber schloß auf und zog den kleinen Körper ans Tageslicht. »Verdammt«, sagte er, »er ist gekippt.«

Inzwischen war auch sein Kollege dazugekommen, bedachte Rudolf und Berta mit einem flüchtigen Gruß und besah sich kopfschüttelnd die Bescherung. »Wir bringen ihn am besten ins Spital«, meinte er ergeben. »Jetzt richtet er wenigstens kein Unheil mehr an. Und Ihnen beiden kann ich nur sagen, vergessen Sie das hier. Sonst erinnern wir uns an ... an Mandaley und ...«

»Bangidur«, soufflierte sein Partner.

»Jawohl, Bangidur«, sagte er. Berta und Rudolf sahen sich an und hoben fast gleichzeitig ratlos die Schultern.

»Schon gut«, murmelte Rudolf, »er war sowieso nicht unser Freund.«

»Das kann ich Ihnen nur bestätigen«, sagte der

Totengräber. Er wartete, bis sie gegangen waren, und wandte sich dann an seinen Kollegen. »Weißt du, wo das ist, Bangidur?«

»Keine Ahnung. Sag mir lieber, was wir angeben, wenn wir ihn im Spital abliefern?«

»Daß wir ihn gefunden haben, auf dem Friedhof. Ganz einfach.«

Sie zogen Mannis Kleider glatt und schüttelten ihn ein bißchen, damit er Farbe ins Gesicht bekam. Er antwortete nur mit einem Lallen. »Und wenn er doch noch was erzählen kann?«

»Der erzählt nichts mehr. Hat er was in den Taschen?«

Der andere suchte. »Eine Fahrkarte, Geld, seinen Ausweis.«

»Nichts, daß er zu uns wollte? Ich meine eine Adresse oder so?«

»Absolut nichts.«

»Gut, dann wollen wir mal.«

Sie hakten Manni rechts und links unter und marschierten mit ihm durch die langen Alleen, und jeder, der sie gesehen hätte, hätte sie für drei außerordentlich gute Freunde gehalten.

Ein Vogel

Morgen«, sagte der Pfarrer, »kommt deine Mutter und holt dich ab.«

Sie saßen bei einem verspäteten Frühstück, denn die Messe hatte an diesem Morgen länger gedauert, der Bittgebete wegen, die der Pfarrer eingebaut hatte, um Mannis verlorener Seele Beistand zu leisten. Man hatte ihn und den Junker benachrichtigt, daß Manni geistig umnachtet auf dem Friedhof in der Stadt aufgefunden worden war und sich jetzt im Spital befände. Und so trieb er seine kleine Gemeinde durch eine nahezu endlose Litanei, in der sämtliche Heiligen und Fürsprecher vorkamen, die ihm für Mannis Fall zuständig zu sein schienen.

Leo ließ seine Tasse sinken, aus der er gerade trinken wollte, und sah ihn erschrocken an. Nun trat doch ein, wovor er sich die ganze Zeit gefürchtet hatte, die unerbittliche Rückkehr in ein Leben, das nicht mehr das seine war.

»Freust du dich?« fragte der Pfarrer. Leo nickte mechanisch. Dies hier war wenigstens so eine Art

Zwischenreich für ihn gewesen, man ließ ihn in Ruhe, war er aber erst einmal wieder zu Hause, würde er sich stellen müssen. Er seufzte.

»Na«, meinte der Pfarrer, »vor Freude in die Luft gehst du ja nicht gerade. Begleitest du mich zu Wilma? Ich will mit ihr reden, Mannis wegen. Vielleicht weiß sie, wie das passieren konnte.«

Sie zogen ihre Mäntel über und machten sich auf den Weg. Immer noch hatte der Winter seine Macht nicht verloren, dieser endlose verregnete Winter, der so viel mürber machte als ein Winter mit Schnee und Eis. Sie wateten durch den aufgeweichten Boden, der sich auf der Dorfstraße befand; im Sommer, wenn es heiß war, gab es hier Wolken von Staub und aufgewirbeltem Sand. Hinter dem Tor mit dem steinernen Turm trafen sie auf das Kind. Es saß auf einem Stein und ritzte mit einem Holzstab Zeichen in die Erde. Als es Leo und den Pfarrer sah, sprang es auf und schob sich vergnügt zwischen sie.

»Darf ich mit?« fragte es. »Wo geht ihr hin?«

»Zu Wilma«, sagte der Pfarrer.

»Das ist gut«, meinte das Kind, »sie hat immer etwas zu essen für mich.«

Der Pfarrer betrachtete es zweifelnd von der Seite. »Fehlt dir etwas?« fragte er. »Kümmert sich Wilfried genug um dich? Du kannst immer ins Pfarrhaus kommen, wenn du Hunger hast.«

»Ich weiß«, sagte das Kind. »Ich kann überallhin. Hörst du sie?«

Die Frage war an Leo gerichtet, der, ganz in Gedanken versunken, zuerst gar nicht verstand.

»Die Mönche«, rief das Kind. »So gesungen haben sie noch nie.«

»Ich höre sie«, sagte Leo.

Sie erreichten Wilmas und Rosines Haus, und der Pfarrer klopfte an die Tür und wurde eingelassen, während Leo und das Kind in dem kleinen Garten blieben, um eine von Rosines Katzen zu streicheln, die sich dort unter dem Vordach des Hühnerstalls auf die Lauer gelegt hatte. Das Kind hatte von der Katze bald genug und rannte im Garten hin und her. »Hör doch, so hör mal«, rief es immer wieder, »sie spielen kalt und heiß mit mir. Wenn ich zum Hühnerstall komme, werden sie ganz laut, und wenn ich weggehe, immer leiser.«

»Dann bleib am Hühnerstall«, sagte Leo, »oder geh um ihn herum.« Das Kind folgte seinem Rat und stieß hinter dem Hühnerstall mit den Füßen gegen etwas Hartes. Es hob das Kästchen auf und klappte den Deckel hoch. Innen lag ein kleiner brauner Gegenstand. Es nahm ihn und drehte ihn hin und her. »Sieh mal, Leo«, rief es, »ein Dorn.«

Das war der Moment, in dem der Gesang der Mönche es für immer verließ. Der Pfarrer kam aus dem

Haus gestürzt. »Wilma sagt«, rief er, «daß Manni ihr ein Kästchen ...« Er sah, was das Kind in der Hand hielt, und brach ab. »Mein Gott ...«, flüsterte er. Vorsichtig, wie man sich einem nähert, der, ohne es zu wissen, mit dem Rücken am Abgrund steht, ging er auf das Kind zu und nahm ihm Dorn und Kästchen aus den Händen.

»Ist es das?« fragte das Kind.

Der Pfarrer konnte nicht sprechen. Er kniete sich in den mit Kot vermischten Schlamm vor den Hühnerstall und berührte den Dorn mit seinen Lippen, bevor er ihn zurücktat. Dann erhob er sich mühselig, bis zur Hüfte mit Schlamm bespritzt, und marschierte, die fassungslose Wilma im Schlepptau, wie in einem Triumphzug ins Dorf. Das Kind und Leo blieben zurück.

»Schade«, sagte das Kind, »jetzt gibt es keine Schatzsuche mehr. Die rote Krähe hat verloren.«

»Und ich muß zurück.«

»Oh.«

»Dabei will ich nicht«, sagte Leo. »Ich will nicht.«

Das Kind legte den Arm um ihn und schmiegte sich an ihn, wie damals auf dem Friedhof, als sie sich gerade erst kennengelernt hatten. »Warum steigst du nicht wieder auf einen Baum und fliegst fort?« sagte es.

Leo sah, die Hände rechts und links in seine Manteltaschen gesteckt, auf es hinunter, zog dann eine Hand heraus und strich ihm über die Haare. Er ging zur

Gartentür, in Richtung der Felder, wo es große alte Kirschbäume gab, deren Zweige bis fast in den Himmel wuchsen. Als er seinen Mantel auszog, um besser hochsteigen zu können, fielen Josefs Gedichte aus einer der Taschen, und er bündelte sie wieder, legte sie ins Gras und beschwerte sie mit einem Stein. Dabei las er die ersten Zeilen auf dem obersten Blatt.

Das sind die Nächte
in denen du dir wünschst
ein Vogel zu sein
eine Wolke
ein großer Baum

Leo sah nach oben, wo die dunklen Äste sich klar gegen den Himmel abzeichneten. »Ein Vogel«, sagte er und begann hochzusteigen.

Es gab zwar einen Bürgermeister im Dorf, aber der Junker fühlte sich immer noch verantwortlich für alle, und so war er es, der sich in die Stadt aufmachte, nach Manni zu sehen. Man führte ihn in einen Saal, in dem Manni in einem Eisenbett lag, einer von vielen, umgeben von schlechten Gerüchen und dem Murmeln und Stöhnen der anderen. Trotzdem schien er ganz zufrieden zu sein, er lag auf dem Rücken, die Hände auf der Bettdecke, gab keine Antwort, wenn man ihn ansprach, ließ alles mit sich geschehen, aß und trank, was man ihm brachte, lächelte nicht, weinte nicht, war nur da und vielleicht nicht einmal das.

»Eigentlich«, sagte der Junker schaudernd, »ist er schon tot.«

Der Arzt, die Schwester zuckten mit den Schultern. Sie gingen weiter, der Junker angeekelt den Mantel über seiner veilchenbestickten Weste zusammengezogen, aus dem Saal hinaus, die Treppe hinunter, durch einen Gang, dessen Fenster in einen Innenhof zeigten. Dort stand an einem Brunnen, den Rücken ihnen zugedreht, ein Mann. Der Junker hielt an. »Wer ist das?«

»Der Josef. Wir nennen ihn Josef.«

»Was macht er? Ein Kranker?«

»Nein. Er arbeitet in der Apotheke. Ein Phantast, der Mann. Ein Dichter.«

Der Junker trat an eines der Fenster und öffnete es. »Josef«, rief er. Der Mann am Brunnen drehte sich um. Er sah so müde und traurig aus, daß er ihn fast nicht erkannte.

»Komm zurück, Josef«, sagte er, schloß das Fenster und ging weiter. Der Mantel blieb offen, und die Kranken in den Sälen hoben die Köpfe. Es roch nach Veilchen.

Fanny Morweiser im Diogenes Verlag

Ein Sommer in Davids Haus

Roman. detebe 21059

»Eine Geschichte aus Licht und Schatten, aus Poesie und Bangen geflochten. Fanny Morweiser macht Skurriles so glaubhaft, als gehöre es zum Alltag, und geht mit dem Alltag um wie mit einem wunderlichen Traum. Wie schon in ihren ersten Büchern hält sie auch hier mehr, als sie verspricht. Einzuordnen ist sie nicht, denn es gibt nicht viele ihrer Art. Sie unterhält nicht nur – sie tut das, was man in England ›arrest‹ nennt: sie fesselt.« *Welt am Sonntag, Hamburg*

Die Kürbisdame

Kleinstadt-Trilogie
detebe 20758

Drei Herren aus der besseren Gesellschaft steigen einer zwielichtigen Dame nach und begeben sich dadurch in große Gefahr. Menschen in einem Altersheim widersetzen sich den Anweisungen des Heimleiters, um endlich ihre eigenen Wege gehen zu können. Ein nervöser Zahnarzt gerät plötzlich in einen Anarchistenstreich und findet dadurch sein inneres Gleichgewicht wieder. Solche Stoffe verarbeitet Fanny Morweiser in diesen drei Erzählungen voller schwarzen Humors und versetzt den Leser damit in lustvolles Gruseln.

»Diese schaurig-schönen Erzählungen schockierten mich bei der Lektüre und erinnerten mich unwillkürlich an Roald Dahl, der ebenso wie Fanny Morweiser mit seiner makabren Phantasie den Leser den Atem anhalten läßt. Beide Autoren übersteigern ihre Stoffe ins Groteske und erzeugen dadurch Komik.«
Süddeutscher Rundfunk

Lalu lalula, arme kleine Ophelia

Eine unheimliche Liebesgeschichte
detebe 20608

»Außerhalb jeder Realität, ausgestattet mit dem Personal der deutschen Romantik und der Psychologie einer Daphne du Maurier.«
Norddeutscher Rundfunk, Hamburg

La vie en rose

Ein romantischer Roman
detebe 20609

»Wenn Franz Kafka und Thomas Bernhard Zeitgenossen geworden wären und sich außerdem entschlossen hätten, gemeinsam eine grotesk-komische Geschichte zu schreiben, dann hätte der Roman ›La vie en rose‹ herauskommen können.« *Die Presse, Wien*

Indianer-Leo

und andere Geschichten aus dem wilden Westdeutschland
detebe 20799

»Spannende Erzählungen sind dies ganz sicher. Sie sind, bei allem Schrecken dahinter, unterhaltend. Denn die subtilen Verbrechen der Fanny Morweiser spielen sich in aller Stille, in schönen Landschaften, in alten Häusern, gelegentlich bei lieben älteren Damen ab – und dies soviel gefährlicher als bei Agatha Christie!« *Ursula Bode/Hannoversche Allgemeine*

O Rosa

Ein melancholischer Roman
detebe 21280

»Wer kann einem seriösen, soliden Unterricht im Zaubern, besser gesagt im Verzaubern, geben? Wer bringt uns bei, daß die durchaus nicht immer zauberhaften Alltäglichkeiten einem weniger ausmachen, daß man ihnen zum Trotz das Leben, wenn schon nicht ›en rose‹, so doch als eine im ganzen gute Sache zu emp-

finden vermag? Wer den neuen Roman von Fanny Morweiser, *O Rosa*, gelesen hat, kennt die gute Medizin, die ihm wenigstens zeitweilig helfen kann.«
Neue Zürcher Zeitung

Ein Winter ohne Schnee

Roman. detebe 21693

Ein sanftes, kleines, irres Dorf voll mildem Wahnsinn, mit einem Fährmann, einem kranken Jungen, der in dem Dorf zur Rekonvaleszenz weilt, dem Bund der roten Krähe, der den von Mönchen in grauer Vorzeit vergrabenen Schatz heben will, bevor ein anderer ihnen zuvorkommt, dem unheimlichen kleinen Jungen mit der Mutter, die Anna heißt und eine Hexe ist, dem Krüppel Manni, Joseph...

»Von diesem Roman kommt man nicht los. Er hat Bilder, die schrecklich sein könnten. Wenn sie nicht aus einem bestimmten Blickwinkel eingefangen wären. Manches läßt sich nur ahnen. Das ist gut so.«
Neue Osnabrücker Zeitung

Voodoo-Emmi

Erzählungen. detebe 21541

»Wie entledigt sich ein verkanntes Genie seiner kleinlichen Frau? Der Maler gibt Voodoo-Emmi ein Foto seiner Angetrauten, die Emmi wird's schon richten. Das ist eine der elf neuen, geheimnisvollen Geschichten von Fanny Morweiser, und wieder spielen kuriose, nicht alltägliche Menschen die Hauptrolle. Unmerklich überschreitet die Autorin die Grenzen zum Phantastischen, etwas Gespentisches weht durch die Stories hin. Die Pointen kommen eher auf leisen Sohlen daher, sind darum jedoch nicht weniger zündend. Das Ganze: ein höchst originelles, hintersinniges Lesevergnügen.« *Landeszeitung, Lüneburg*